在所有经过的故事里终身美丽

山支——著

SPM 南方出版传媒·广东人民出版社

·广州·

图书在版编目（CIP）数据

在所有经过的故事里终身美丽 / 山支著 . — 广州：
广东人民出版社，2019.10
ISBN 978-7-218-13838-1

Ⅰ . ①在⋯ Ⅱ . ①山⋯ Ⅲ . ①故事－作品集－中国－
当代 Ⅳ . ① I247.81

中国版本图书馆 CIP 数据核字（2019）第 196440 号

ZAI SUOYOU JINGGUO DE GUSHI LI ZHONGSHEN MEILI

在所有经过的故事里终身美丽

山支 著

出 版 人：肖风华

责任编辑：刘　宇　马妮璐
责任技编：周　杰　易志华
装帧设计：WONDERLAND Book design
　　　　　仙境 QQ:344581934

出版发行：广东人民出版社
地　　址：广东省广州市海珠区新港西路 204 号 2 号楼（邮政编码：510300）
电　　话：（020）85716809（总编室）
传　　真：（020）85716872
网　　址：http://www.gdpph.com
印　　刷：天津旭丰源印刷有限公司
开　　本：880mm×1230mm　1/32
印　　张：8　**字　　数**：126 千
版　　次：2019 年 10 月第 1 版　2019 年 10 月第 1 次印刷
定　　价：42.00 元

如发现印装质量问题，影响阅读，请与出版社（020 – 85716808）联系调换。
售书热线：（020）85716826

目　录

Part 1
你是怒放的生命，你是人间荆棘花

Part 2
错过即过错，所以无憾亦无悔

Part 3
一念放下，清醒自持

Part 4

我爱这个世界，也爱过你

Part 5
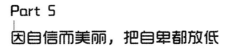

因自信而美丽，把自卑都放低

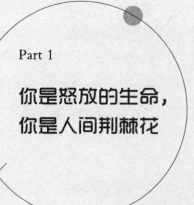

Part 1

**你是怒放的生命，
你是人间荆棘花**

♀ 饭要一口一口吃，
　口红要一支一支买

　　在我很小的时候，和我一起玩的女生靠撒娇得到了玩具店老板送给她的布娃娃。我站在旁边，羡慕极了，可我始终都没说出一句："能给我一个吗？"

　　我回到家，跟妈妈要钱去买布娃娃，妈妈责怪我说："为什么人家的孩子可以得到老板赠送的布娃娃，而你不行？"

　　后来我没再要那个布娃娃。我一直以为，我之所以没得到布娃娃是因为我不会撒娇，其实不是的。

　　和我一起玩的那个女生，名叫灿灿。她人长得漂亮，个子也高，身材纤细，比例完美。我记得有一次，一个阿姨说我和她长得像，还让我高兴了好几天呢。

我是从什么时候起觉得长得漂亮真的会和别人不同的呢？大概是我暗恋的男同学给她买冰激凌的时候，也可能是音乐老师挑她去跳舞的时候，再或者是超市老板给她糖却没给我的时候……

刚开始，我还会偷偷地想：为什么大家只对灿灿好啊？时间久了我就明白了，有很多事情，没有原因，只有人心的偏见。

于是我开始拼命地学习，想考第一名，通过在学习上超过她来提升自己短暂的优越感。

这种暗暗的较劲，维持了很多年。这些年里，灿灿出落得越来越美，而我仍然是那个只有学习比她好的普通人。

高中的时候，我们因为不同班，所以来往得少了。偶尔放假见面，发现她的变化一次比一次大。

大波浪的卷发，越来越精致的妆容，涂得一丝不苟的指甲，洋气的衣服……我被她的变化惊呆了。

"哪来的钱买这么多东西啊？"我瞪大眼睛问。要知道，灿灿的家境特别一般，是绝对拿不出这么多钱来给她挥霍的。

"追我的人送的喽。他们爱在我身上花钱，我也没办法。"灿灿调皮地耸了耸肩。

我咂咂嘴，看了看自己身上的运动服，说不出话来。

那天回家，我对着我那只有几件衣服的衣柜哭了很久，是那种无声的哭泣，然后我洗了把脸，继续做数学题。

最后一次和灿灿见面是我上高三的那个冬天，那是个难得的冷冬。我穿着妈妈给我买的大红色羽绒服，围着宽大的围巾去咖啡店见她。我远远地就从橱窗里看见了她。

她穿着鹅黄色的大衣、短款皮靴，涂着粉色的唇膏，一边喝咖啡一边看着杂志，像是电影里的人。

而我的身影也反射到了玻璃上，我只看了一眼，眼神就慢慢黯淡下来。

灿灿是来向我告别的，她说反正她也考不上大学，还不如提前就辍学。

我急忙劝她："不念书你干什么呢？现在的社会，只有读书才是唯一的出路啊，我妈跟我说……"

灿灿一边笑一边用精致的小勺子搅动咖啡："每个人是不一样的，像你，是可以靠你自己的努力去得到你想要的东西的，而我，也可以得到我想要的，不过和你不同的是，我需要靠别人。"

后来我才知道，灿灿口中的别人，是一个富商，他包养了灿灿，灿灿成了别人口中的"二奶"。

灿灿得到了很多她想要的东西，名牌包，数不清的口红，甚至是一套房子。

有很多时候，在平行时空里，我在辛苦地做着兼职，而灿灿在海滩悠闲地度假。

似乎在人生的路上，灿灿已经远远走在了我的前面，而我还在靠自己微薄的收入，一口一口地吃饭，一支一支地买口红。

去年冬天，我参加了一次高中同学聚会，听到了很多人的八卦，其中就有灿灿的。

听完发现，所谓的八卦无非是一群女人由于嫉妒而说出的恶毒的诅咒罢了，这说明灿灿过得不错。

我真心希望她过得好，不要堕落，不要被抛弃，更不要成为别人的笑柄。

我突然想起，小时候有一次有一个阿姨说我们长得像，当时我特别开心地感谢了阿姨，而灿灿却一直在说我们一点都不像。我曾经因为这件事生过灿灿的气，现在却释怀了。

我们确实，一点都不像。我啊，是一株披星戴月的荆棘，而她是会开花的藤蔓。荆棘注定要风餐露宿，而藤蔓会依靠着墙爬得很高。

工作后，我见过许多为了向上爬而走捷径的女生，见得多了之后，我竟然有些羡慕。

我的大学同学阿萍，在大学期间是个每天都泡图书馆的学霸，毕业后最先找到工作的也是她。

可是工作一年后，她跟我说她辞职了。

我问她原因，她咬了咬嘴唇说，因为她的上司想要和她发生关系，她拒绝了。

我打趣她："肯定是个糟老头吧……"

"没有，他是从美国回来的高才生，人特别绅士，也懂礼貌，长得也很帅，有很多女生喜欢他。"

"那你还拒绝他？你这可是仇富啊！"我看了看她身上过时的衣服，不解地问道。

阿萍笑了笑说："我当然犹豫过啦，要知道我只要和他发生关系，我就有可能当上我们组的组长呢。可是，我不服气，我觉得我完全可以依靠我自己的能力升职，那为什么不靠我自己呢？"

　　说实话，那天我的三观被阿萍给扶正了。我为自己曾经有过"要不我也走捷径吧"的想法而感到羞耻。

　　这个世界有太多和我一样的人了，我们的意志不坚定，看到别人偷偷地跑到了前面，自己就动摇了，也想或许可以利用身体将自己的社会地位抬高一些。

　　不同的是，我有阿萍，她及时地将我从错误的道路上拉了回来。而那些没有像阿萍这种正能量朋友的人，也许变成了第 N 个灿灿。

　　上个月，公司里来了个实习生，是个肤白貌美的姑娘，难得的是她的工作能力也不错。

　　然而前几天，公司里有人说看见她从一辆豪华跑车上下来。很快，她傍大款的谣言就传开了。

　　有人来问我："哎，你对她傍大款这件事怎么看？"

　　我说："不歧视也不羡慕。"

　　每个人都有选择如何生活的权利，我并没有看不起那些傍大款走后门的女生，我只是更欣赏那些靠自己的努力活得丰盈的女生。

♀ 般配不重要，
我喜欢最重要

小时候，除了动画片，我最喜欢看的就是偶像剧。不到十岁，我就开始看各种台湾偶像剧。在很多个夜里，我都会梦见那个充满少女心的自己 —— 坐在沙发上，抱着带点甜香气味的布娃娃，目不转睛地盯着电视上的俊男靓女。

长期受偶像剧的熏染，小时候的我是很坚定地相信自己会嫁给白马王子的。他一定会在某个晴天与我邂逅，从此我就能和他过上幸福快乐的日子。

后来随着年龄的增长，我逐渐明白偶像剧的不真实性，但我的价值观还是受到了影响。这个影响并不是说伴侣一定要像剧里演的那样帅气逼人，而是灰姑娘可以配王子，美女可以配野兽。这点也体现在了我的恋爱中。

即使在非常看重颜值的年纪，我也不是个颜控。我很早就明白了一个道理：这世界上绝大部分人都是普通人，好看的皮囊并没有有趣的性格重要。

但是我的朋友蜜瓜可不这么认为。

蜜瓜只谈过一次恋爱，这段恋爱可以算得上是现实版的偶像剧了，不过是男一配女二。为什么这么说呢？因为偶像剧里女一号不都是灰姑娘嘛，蜜瓜可不是，蜜瓜是有钱的女二号。

蜜瓜曾经说过，她和她男朋友的爱情只能用一个成语来形容，那就是强强联合。当时我真是满脸"黑线"，我还是第一次听到有人用这个成语来形容爱情的。

她的那段恋爱，受到的最多的夸奖是：男才女貌，真配啊。蜜瓜每每听到这种夸奖都会很得意，因为这种夸奖从某种程度上满足了她的虚荣心。

但她其实并不太喜欢她的男朋友，甚至有点讨厌他。可是她又觉得她的男朋友跟她很般配，这就够了。

我觉得她的观点实在是莫名其妙，般配能当饭吃吗？她和她男朋友的性格一点都不一样，她是个"傻大姐"，平常大大咧咧的，唯一的缺点就是爱面子。而她男朋友的性格特别内向，平常不怎么爱讲话。两个人的性格简直是天南海北，怎么可能合得来呢？

我见过他俩在一起的状态，根本一点都不像情侣，反而像相敬如宾的中年夫妇。我偷偷问过蜜瓜，你俩性生活和谐吗，蜜瓜总是无奈地摇了摇头。

我就不明白了，连性生活都不和谐的恋爱，到底为什么非要坚持下去呢？就是为了门当户对和般配？

要是这么想，我谈的恋爱没有一次是般配的了。我高中的时候，曾经和一个学习特别好的穷小子交往过。他家穷到什么地步呢？听说他爸爸很早就去世了，妈妈是下岗职工，靠卖煎饼果子维持家用。高中三年里，他没有一套像样的衣服，就连和我出去约会也穿着校服。

事实上，我身边的朋友都反对我和他在一起。人性本恶，就算没有蔑视他的意思，却也没有想要和他为伍的心思。可是我特别喜欢他，因为他很上进，而且不自卑。无论什么时候看见他，他总是挺直着腰板。

他从不避讳我和他的关系，甚至将我带到了他妈妈的摊子前，大方地向他妈妈介绍。他妈妈也是一个特别好的人，非但没有反对我和他的关系，还给我做了一个分量十足的煎饼果子。

他从不避讳自己的贫穷，但他总是竭尽全力给我最好的东西。那时候他每天只有五元钱的零花钱，他宁肯不吃饭不买水也要攒起来带我去吃肯德基。

他很幽默，和我特别谈得来。我们俩聚在一起总有聊不完的话题，我说上句他就知道下句，我一个眼神他就知道我要什么。

那是我谈过最默契的恋爱，默契到有时候我会怀疑他是不是另一个我。

尽管我身边不断有人在提醒我说，不要把时间浪费在一个穷小子身上，他们甚至说我和他不是一个世界的人，一点都不般配。可我一句也听不进去。

那时候我的个性签名是：般配不重要，我喜欢最重要。

后来我们还是因为各种原因分手了，但我从未后悔当初和他在一起，我反而在想，如果当初没和他在一起，才会后悔吧。

我的闺蜜雪儿也是，她谈过那么多段恋爱，没有一段是绝对般配的。

她之前喜欢过一个中年大叔，大叔离异过，还有一个女儿。但是她就是喜欢他，于是毫不犹豫地追求大叔。

雪儿跟我说，她和大叔谈恋爱期间，听大叔说过的最多的一句话就是：我配不上你。

雪儿说每次她都要严肃地指正大叔：我喜欢你就说明你配得上我，你干吗要贬低自己呢？

我的一位美女上司也是，和一个比自己小十多岁的"小鲜肉"谈恋爱。很多人在背后骂她包养小白脸，她从来不在乎。

有一次我和她一起出差，下飞机之后她立刻给她的小男友打电话报平安，语气像一个害羞的少女。

她主动跟我提起，她的男朋友特别黏人，一步也离不开她，所以她总是要耐心地哄着他。

当时的我着实吃了一惊，平常她在公司里可是标准的"御姐范"，说一不二。而此刻她又温柔得像一个小女人。

我没忍住便问了她："为什么要和比自己小那么多的男生谈恋爱？"她笑了笑告诉我："我喜欢他呀。"

她反问我："你不觉得比起家庭、金钱和年龄，自己喜欢最重要吗？"

我猛烈地点头。

这世界其实根本没有所谓的般配，怎么样才算得上是般配呢？门当户对？其实并没有一把可以衡量的尺子，只是人们普遍的思想束缚罢了。

要我说，唯一可以衡量是否般配的就只有是否喜欢了。

只要你喜欢，那就没有不般配！

♀ 大多数时候，
我们是世界的"帮凶"

我上初中的时候，班级里有个男生个子特别矮，大概只有一米四左右。他家里很穷，长得又黑又瘦，不仔细看会以为是小学生。

他学习不好，又爱捣乱，所以他坐在教室最后面。因为本来个子就矮，再加上看不见黑板，学习成绩更是跟不上。

班级后面坐着的都是些不学无术的小混混，慢慢地他就成了那些混混的"狗腿""帮凶"。

青春期时候，没有谁是坏人，有的只是因为价值观的不确定，而做出的讨人厌的恶作剧罢了。

有一次，老师要收试卷费，每人十块。按小组收款，他在我这组。我收了一圈回来，数钱的时候发现少了十块钱，问了下谁没交，谁都不承认（我确定我交了）。

无奈之下，我向班主任汇报了。

班主任是个年轻人，教学质量很好，但是喜欢打人。

班主任想都没想，就一口咬定是他没交。

"不用看了，一看就是张超没交，你赶快掏钱！"

"你说说你有没有素质，还想蒙蔽老师不交钱？"

……

他百口莫辩，张着嘴，不断重复着"不是我"这三个字，最后还是默默交了钱。

我很自责，下课的时候我主动去找班主任说，我确定张超是交了钱的，并且这是因为我工作不力，所以我愿意出这个钱。

班主任笑了一下说："你回去吧，这不关你的事。"

我才明白，他不过只是想找个替罪羊，而张超则是替罪羊中代价最小的那只。

后来初中还没毕业，他就不念书了，听说出去打工了。有一天，我们班主任兴高采烈地进来跟我们讲："听说张超去了汽车维修厂打工？笑死了，他还没有轮胎高吧？"

底下一片哄笑。

我心里有些不舒服，看着四周人的嘴脸，觉得有些可怕。

我和张超交集不多，我记得有段时间我特别想养狗。他听说后主动找到我说，他家的母狗生了小狗可以给我一只。

我高兴地跳了起来，然后问他："那我周末去你家看看呀？"

他搓搓手又挠挠头，憨笑着说："还是别了，我家太破了。"

高中的时候，班级里有一个女生，是个跛脚。她长得很白净，眼睛乌黑乌黑的，学习也努力，每天总是第一个到教室背单词。

但是，她是个跛脚。

她走路很慢，每一步都小心翼翼地想要掩盖她的缺陷，可是越掩盖就越明显。她没有朋友，没有能一起吃饭和上厕所的人，有的只是自己孤独的影子。但是，她总是挺直腰板，也努力参与同学们聊天的话题。所以她给人的印象，并不卑微。

我记得她数学成绩不是很好，每次上数学课都胆战心惊，生怕被数学老师提问。可数学老师像是摸透了她的心思一样，总是提问她，一直问到她脸红为止。

有一次，数学老师在黑板上出了一道挺难的三角函数题，他先是找了个数学成绩平平的同学上台去解答，那个同学在前面憋了半天挤出了一句"我不会"。老师大方地让他回去了。

按照平常的套路，接下来数学老师会叫一个数学学霸去解题，然后让学霸给我们详细地讲解一下。

可是那天，数学老师没按照套路来，他喊了那个跛脚女生去解题。所有人的目光都看向了她，她坐在最后面的位置，一个很不起眼的角落。从最后面到最前面，有一条又窄又长的过道，过道的旁边充满了不怀好意的窃窃嘲笑。

她站起来，低着头，没有动。良久，她才小声说了一句："老师，我不会。"

"没关系，你来写写解题思路就行，实在不行，你就写能用到的公式吧。"

她的脸因为紧张而变得通红，她慢慢地转身，慢慢地移动脚步，一步一步地向前面走去。

数学老师站在讲台的一角，双手抱胸，假装漫不经心地看着她。

她走得很慢，刻意的掩饰让她显得滑稽，四周已经有几个同学笑出了声。仿佛过了一个世纪，她才走到黑板那儿。

她拿着粉笔，认真地写她的解题思路，写完后，又慢吞吞地原路返回。我回头看她的背影，挺拔得像一棵树。

然而数学老师没等她走回去，就在她的答案上面画了一个大大的叉。我说不清当时是什么感觉，我再次觉得这个世界的确是可怕的。

那天下课，她趴在桌子上哭了。有几个女生愤愤不平地帮她骂数学老师，还有几个女生偷偷骂她矫情，更多的是和我一样的人，假装什么都没发生过。

后来，我们换了新数学老师。他上课的第一天就在黑板上出题叫人上去做，不幸的跛脚女生又被叫到了，这时，有几个正义感很强的人大声喊："老师，你换个人吧，她走路不方便！"

新数学老师很尴尬地推了推眼镜说："那以后你就不用上黑板做题了！"

本以为逃脱了"上黑板做题"的噩梦，女生会很开心，可是那天数学课下课后，她又哭了，哭得比任何一次都伤心。

从那以后，她变得自卑起来，走路永远低着头，也不再和同学聊天，她用力地让自己变得透明，透明到谁都不能发现她。

不得不承认的是，大多数时候，我们是这个世界的"帮凶"。我们以为的善意，有时候恰恰是将别人推向深渊的一只手。我们以为的事不关己，有时候恰恰是助纣为虐。

善与恶，从来就没有那么明确的界限。所以才容易在一念之间，铸成大错。

经过这两件事之后，我深刻地觉得：并不是亲手去做坏事的人，才是坏人。而是，很多面对恶人恶事却选择不作为的旁观者，如我；或者打着善意的旗帜，在受害者伤口撒盐的伪善者，其实也是坏人。

所以在不公平的对待面前，我们一定要正确发声，一定要让受害者知道这世界没有他所看到的那么冷漠，否则的话，我们和帮凶就没什么本质上的区别。

♀ 家暴和出轨一样， 都是"零容忍"

我择偶一直都有个条件，那就是男生的家庭要和睦。即使是离异家庭也没关系，但是家庭关系一定要和睦。

你不知道，和睦的家庭关系有多重要。如果一个家庭充满着永无宁日的吵闹，那么无论多么阳光向上的小孩，他的心理也会慢慢变得扭曲。

不是在危言耸听，我见过许多在家暴中成长的孩子，他们敏感多疑，没有安全感，对谁都不相信。即使成年后，家暴带来的后遗症也不会减少，甚至会影响他们的感情生活。

阿离是我的远房表姐，从小家境富裕，可以说是集三千宠爱于一身。我一直都很羡慕她。她的父母常年经商，也不太管束她，还给她很多零花钱，这是多棒的生活啊。

可是阿离性格却很内向，不怎么说话。偶尔家庭聚会的时候，她的父母一脸和气，可她总是拉着脸。大家都很奇怪，因为她的父母永远都很热情亲切，在待人接物方面无可挑剔。那为什么阿离这么反常呢？

阿离比我高一个年级，在学校里她是老师口中品学兼优的好学生，也是很多男生心目中的女神。很少有人知道我和阿离是亲戚，因为我们俩平常很少来往，并不是我这个人冷漠，而是我和她实在是热络不起来啊，谁愿意拿热脸去贴冷屁股呀。

高中三年，她只来我的班级找了我一次。那时候她临近高考。我记得那天我们都跷了课，一起去吃饭唱歌，还去了一家新开业的咖啡厅。阿离似乎很开心，她和平常有些不同，跟我说了很多话，还给我买了很多礼物。我有些不好意思，她却说不用在意，反正她父母有钱。

我隐约觉得有些不对劲，但是又不好意思问。不过她也看出了我的欲言又止，她说我不用说出来，她也知道我要说什么。

她问我知不知道她这么开心的原因，我摇摇头。她说因为她就快解放了，只要参加完高考，她就再也不用回家了，她要一辈子都待在外面，永远不回去。

"为什么呢？"我问。

我实在是无法理解，恩爱的父母，富裕的家庭，阿离有那么多别人可望不可即的东西，为什么反而渴望远离呢？

阿离低头苦笑着说："你们都以为我过得很好，以为我的家庭和睦，其实我的父母只是在你们的面前装样子罢了。你不知道，在我很小的时候，他们就开始吵架，漫无天日地争吵，最后变成了拳打脚踢。即使我每次把嗓子都哭哑了也无济于事，我爸不会因为我的哭泣就停止打我妈。其实一直以来，我最大的愿望就是希望他们离婚。我劝过我妈无数次，可她总是说离婚很丢脸，所以她情愿为了脸面而挨一辈子的打。"

最让阿离无法忍受的，就是她的父母在人前假装恩爱。每每看到那个画面，她都得拼命忍住自己胃里翻江倒海的恶心。

后来阿离果然去了离家很远的南方，大学四年，她就回来了一次。那时候很多亲戚都骂阿离是白眼狼，只有我知道阿离是在逃离她的家庭。

后来阿离在南方找了个男朋友，并且准备和男朋友在南方定居，结婚生子。她的父母坚决不同意，可是又有什么用呢。

阿离结婚的时候，没有一个娘家人在场。后来，她给我发了一个信息说，这么多年了，她终于感受到了家庭的温暖。

小白是我的大学同学，我们是在志愿者协会里遇见的，她是那种很瘦小的女生，总是能激发我的保护欲。她心地很善良，有活动总是第一个冲在前面，脏活累活都抢着干。但是她性格很软弱，所以协会里很多人都会欺负她。

有一次，志愿者协会会长派发了一个周末去养老院送温暖的活动给几个同学，有一个女生说周末要和男朋友约会无法参加，于是就把任务推给了小白。尽管那个周末小白也有兼职要做，但她还是推了兼职去了养老院。

有时候我也会劝小白硬气点，这样就不会有那么多麻烦事找上门了。可是小白总是笑着告诉我，没关系，吃亏是福。

在大二的秋天这个傻姑娘恋爱了，与一个总是和她一起参加志愿者活动的学长在一起了。那个学长口碑不太好，几乎年年挂科，而且也没什么朋友。

我挺担心小白和他在一起会受委屈，还特意找小白出去谈心。小白说虽然学长不怎么体贴，神经也有点大条，但是对她还是不错的，而且学长总是参加去养老院送温暖的活动，这说明他是个好人啊。我觉得她说得挺有道理，就把心放在了肚子里。

小白和学长在一起半年了，在这半年里小白瘦了很多。她每天要帮学长跑腿买饭，还要帮他洗衣服，学长包宿打游戏的时候，她就在旁边陪着随时听候他的吩咐。这哪是找了个女朋友啊，这是找了个保姆啊！

可不管我们怎么劝小白，小白都坚信学长是爱她的，不然当初为什么要和她在一起呢？其实大家都不敢告诉小白，学长早就跟别人说，跟她在一起不过是因为她好欺负，可以当丫鬟使。

后来突然有一天，小白就和学长分手了。并且分得很干脆，一点都没有犹豫不决，没有人知道原因。有传言说是小白将学长捉奸在床，还有传言说小白只是受够了被他使唤的生活，不过哪一种传言我都不太相信。

小白还是坚持参加志愿者活动，学长倒是再也不参加活动了。有一次我和小白一起去孤儿院表演节目，在去的路上，我偷偷地问了她分手的理由，她支支吾吾半天也说不出口。

"不会是他那方面不行吧？"我问。

小白被我弄得哭笑不得，她摇了摇头，然后说："是因为他打了我。"

原来小白是离异家庭出身，当初她父母离异的原因就是她爸爸总是对她妈妈大打出手，所以她这辈子最痛恨的就是打女人的男人。

"打女人和出轨一样，有第一次就有第一百次，都是'零容忍'。"小白说这句话的时候，她的脸上有我从未看到过的坚定与刚强。

♀ 每个女生都有如
《甄嬛传》一般的友情

我想写友谊的专题很久了，频繁提笔，又放下。心中万语千言，如鲠在喉，又咽了回去。

我和美姑娘认识十多年了，从小学开始，我就很喜欢她。她长得漂亮又文静，我却总是风风火火雷厉风行，完全是两种人。可我一直觉得这样才互补。尽管大多数时候，我像个跳梁小丑一样哗众取宠，而她只是事不关己的观众。

她有过一个男朋友，是个"渣男"，长相不好，人品也不好。她想和他分手，可是说不出口，只好采用不理他的方法让他知趣。

这种方法对"渣男"怎么见效？一次在食堂，"渣男"一直拽着她不肯放手，态度恶劣地让她和他出去谈谈。美姑娘一直说让他滚开,"渣男"面目狰狞,一副"你能把我怎么样"的架势。我的暴脾气一下被激发,对"渣男"破口大骂,渣男回骂我多管闲事,他一句我一句,最后差点打起来,引来一堆同学来劝阻。自始至终,她一句话都没说,最后还是和"渣男"走了。

我把自己埋在被子里哭得稀里哗啦,她在旁边跟我说:"你知道的,我就是那种人,我是做不到在公共场合破口大骂这种事的。"

后来,又有新朋友加入我们,我和新人性格不合,又不好撕破脸。新人心机比我重,她总是挽着美姑娘的胳膊,拉着她走在前面,把我甩在后面。渐渐地,美姑娘和她的关系也变得比和我的好。

我给她写信,让她在我和新人之间选一个,她明知道我和新人之间的矛盾,却还是让我别生事,让我和新人和睦相处。考虑再三后,我选择和她疏远,之后变成了点头之交的普通朋友。

她让我明白,友谊其实和时间真的毫无关系。

疏远了美姑娘之后,我加入了一个小团体。小团体算上我一共六个人。我们有过呼风唤雨满街窜的时候，也有过嬉笑打闹团结一致的时候，但更多的是，矛盾重重。

六个人，亲疏冷热，一目了然。平时两两结成小分队，小分队人员常换，小团体人数不变。而人员之间的矛盾，也层出不穷，错综复杂。究其原因，不过都是些不值一提的小事，可就是每天鸡毛蒜皮的小事却犹如闷雷，搅得大家心神不宁。

终于我和小团体里的D掰了，我以为至少有两三个人站在我这边，因为D是后转来的，而且只有我和她是旧相识。并且从感情上而言，我两年她半年，怎么也是我占上风。

B喜欢D多过于喜欢我，于是她首先站到我对立面。A本想站在我这边，可她是住宿生，我不是，其他人也都是。她不可能为了我，和同宿舍的朋友分道扬镳，更何况，她们的关系那么亲密无间。

另外两个，打着"中立"的旗帜，做着不中立的事。朋友不可能均分，不可能一三五和她，二四六和我。更何况，我这个人特别小气，无法接受我的朋友刚才与我势不两立的人谈笑，回来就拉着我的手去厕所这种事。

于是我开始和别人做好朋友。这期间，我和小团体的矛盾越来越严重，我和D说尽了彼此的坏话，被D影响，我也给其他人脸色，这让我和她们的关系越来越差。只有A对我不离不弃，她想两边都不得罪，可她两边都不讨好，我对她冷若冰霜，D那边也对她百般防备。

最尴尬的莫过于，我和新朋友与小团体迎面碰见，彼此都装作不认识，她们谈笑风生，我也目不斜视。

过了几个月，我和D猝不及防地和好了，让所有人大吃一惊。眼疾手快的C见我和D促膝长谈，立马对我说她从未忘记我，我一直是她的好朋友。

我深刻记得，在我和D和好的第三天，小团体叫了外卖，出去吃的时候，我刻意坐在座位上不动。她们热情地招呼我，像之前冰封的几个月从未有过。

一个风和日丽的下午，D问我，那时我的朋友不仅全被她抢走了，还和她一样仇视我，感觉难过吗？

我笑了笑告诉她，能抢走的就不是朋友。

上了大学之后，能联系的人越来越少。离别让人一笑泯恩仇，也让藕断丝连的丝一点一点地被拉断。

我有了新朋友，我们一起上课、一起吃饭。我开始接受

AA 制，接受五毛钱也要用支付宝还回去的情况，而且支付宝还会人性化地提醒你：你收到了一笔钱。

我的脾气大有好转，我再也没有使用冷暴力。我幽默极了，能引来大家捧腹大笑，我生活得如鱼得水。

我心中对于友谊的定义，也像机器更新系统一样，一次一次更新。

从小到大，我们身边有过很多人，来了又去，去了又来。像一次盛宴，陪你去的人到最后不一定坐在你身边。觥筹交错中人影散乱，有人戴上了面具，有人穿上了盔甲，有人兜里揣了刀子。我们赤胆孤勇地去遇见、交谈、拥抱、欢笑，因为我们知道就算百般防备也可能满盘皆输。

每个人想隐藏的东西，以及刻意想表达或者极力想保留的东西太多了，所以才不能坦诚相见。通俗而言，大部分人没有厉害的心机，有的不过是自私和爱装傻的天真。

真遗憾，我那么真诚，最后得到的，也只是寥寥。

我身边的朋友还有几个，她们忽近忽远，忽明忽暗。久而久之，竟也分不清敌友。

我得意的时候，她们前来祝福；我失意的时候，她们没来安慰。偶尔聚首，大家喝酒碰杯，像什么事都没发生过。

　　我也学会了规则，大批酒肉朋友在一起的时候，只顾言笑，不谈感情。普通朋友交谈的时候，避开彼此的锋芒，找圆滑的部分继续抚摸，使其更圆滑。只有和知己在一起的时候，才会谈尖锐的梦想。

　　我甚至发现我的朋友的共性，他们大多人缘很好，是每个人的朋友，也是我的。而我是他们的朋友，却不是每个人的。他们像流行歌曲，我像小众民谣。我们能和平相处，偶尔也互相嫌弃

　　正如《最佳损友》的歌词：实实在在踏入过我宇宙。我不是圣人，可以假装什么都没发生过，友谊这潭水太深，涉水多年，我仍不可脱险。而能摸到的规律就像诅咒一般，次次灵验。

　　来年陌生的，是昨日最亲的某某。

♀ 多少人曾爱你
　青春欢畅的时辰

> 多少人曾爱你青春欢畅的时辰
> 爱慕你的美丽 假意或真心
> 只有一个人还爱你虔诚的灵魂
> 爱你苍老的脸上的皱纹
> ——《当你老了》

　　蜻蜓小姐要和螳螂先生结婚了，婚礼在香格里拉举办，收到她的请帖的时候，我正在办公室焦头烂额地忙着工作。拿到雪白精致的请帖的那一刻，我有些恍惚。

　　请帖上刻着《当你老了》的副歌部分的歌词，我读了一遍又一遍，又打开播放器点开赵照演唱的版本听了很久，直到眼泪流下来。

我这才明白，这世界上是真的存在喜极而泣这件事的。

没有人比我更清楚蜻蜓小姐和螳螂先生的恋爱之路，我很幸运自己是这场爱情的见证者。

我和蜻蜓小姐相识在路上，那是 2015 年的夏天，我独自去了哈尔滨，在中央大街吃马迭尔冰棍的时候，有个漂亮的姑娘过来跟我搭讪，让我给她和她男朋友拍照。那是我第一次见到蜻蜓小姐和螳螂先生。

后来回到青年旅社的时候，我又遇见了他们。蜻蜓小姐热情地跟我打招呼，还拉着我和他们一起去吃面，在呼哧呼哧吃面的过程中，我知道了这次是他俩第一次出来旅行。蜻蜓小姐神秘地问我："你猜我们俩一共带了多少钱？"我摇摇头。她大笑着说："我们俩一共就一千块！"

我有些吃惊，一千块钱的旅行，还是两个人，可怎么活啊。她笑着说："其实一点都不难，我们家距离哈尔滨蛮近的，火车票不贵，只要不住宾馆不去收费的景点，其实这些钱是绰绰有余的。"

我后来了解到，那次是他们的毕业旅行。

蜻蜓小姐和螳螂先生已经在一起四年了，两个人认识的契机有些让人心酸。那时候每个班级往上递交贫困生的名单，蜻蜓小姐和螳螂先生是众多名单中最货真价实的两个。

蜻蜓小姐出生在一个贫穷的山村，她的妈妈是个腿部有残疾的人，不能干重活，全家的生计都压在她爸爸身上，所以她的爸爸每年春天种完地之后，又要急急忙忙地外出打工。蜻蜓小姐从小学开始，就学会了做饭。劈柴和烧火她也很在行，她最擅长的菜是炒土豆丝。没上大学之前，她从来都没走出过她所在的城镇，直到上大学她才第一次出了远门。

螳螂先生和蜻蜓小姐一样，也是在乡村长大。和蜻蜓小姐不同的是，他没有父母。他的父母在他很小的时候就相继生病去世了。他是在爷爷奶奶的照顾下长大的，全家的收入都来于政府的补助，每个月三百块钱。

城市对于两个乡下孩子来说，并没有那么的友好，他们像不小心误入城市的乡下昆虫一样，小心翼翼地过活。

申请贫困生补助的人有很多，他们有的用着最新款的苹果手机，穿着耐克和阿迪达斯，蜻蜓小姐和螳螂先生站在他们中间，反倒显得格格不入。

幸亏他俩都被选中了，对他们来说，这笔钱真的很重要。

　　其实人都有一种能力，在一群人中，你能很快地分辨出，哪个和你是同类。

　　两个同一世界的人，很快凑在了一起。他们会共享打工的信息，也会一起去图书馆学习。在彼此面前，谁都不用假装厉害的模样，这让他们感到轻松。

　　顺其自然地，他们就在一起了。不是没有过犹豫的，蜻蜓小姐也想过，自己的情况是否应该谈恋爱，可是她天生就不是喜欢悲天悯人的人，这种念头不过在她的脑海里停留了一瞬，就消失了。螳螂先生也犹豫过，不过他犹豫的是自己能否给蜻蜓小姐幸福。可是爱情来的时候像洪水一样，挡都挡不住。

　　他们在一起之后，也有人揶揄说，真是门当户对，物以类聚。可是他俩一点都不生气，甚至还有些欣喜，因为在别人眼中，他们也是相配的。

　　有人劝过蜻蜓小姐，说她长得漂亮，完全可以找一个比螳螂先生条件更好的人，这样就会少受很多苦。蜻蜓小姐不是圣人，她也明白，有捷径可走会轻松很多。

　　可是当她看见螳螂先生把仅剩的一个包子给她留着的时候，努力打工带她吃烤肉的时候，拿着老板送的水果塞给她的时候，这个想法就被她吞在了肚子里。她想：就是他了吧，反正我也能吃苦，两个人一起吃苦，总有一天会变甜的。

在一起四年，唯一一次吵架是因为在某个情人节，螳螂先生给她买了一束玫瑰，她觉得贵，就去退了，然后拿着钱带螳螂先生去吃了火锅。螳螂先生很生气，要再买一束花给她，她也生气了。她不明白，那么贵的花，也不是他们所能承受的价钱，为什么一定要买？

蜻蜓小姐觉得螳螂先生变得物质了，螳螂先生怪她不懂他的心。两个人像是闹别扭的孩子，谁也不理谁。

最后螳螂先生忍不住，先向蜻蜓小姐道了歉，他说，蜻蜓小姐的室友都有礼物收，所以也想让她拿一束玫瑰回宿舍长长脸。蜻蜓小姐"哇"的一声就哭了。从小到大，从来没有人关心她有没有丢脸，她的父母永远都只会让她好好学习。

每个女生都有自尊心，蜻蜓小姐当然也会羡慕室友收到了巧克力和玫瑰，可是这份羡慕太渺小了，渺小到在看到螳螂先生的瞬间就灰飞烟灭。

比起那些会凋谢会吃光的东西，蜻蜓小姐更在意螳螂先生这份真实的情意，这是千金难买也千金难换的。

他俩共同喜欢着一首歌，第一次听的时候，两个人抱在一起哭了起来。蜻蜓小姐说她想起了自己的妈妈，螳螂先生说他想起了她。

蜻蜓小姐问："你会一直爱我吗？"

螳螂先生答："我会一直爱你。"

这首歌就是《当你老了》。

在哈尔滨分别之后，蜻蜓小姐时常跟我汇报他们的进展，找到工作了，加薪了，搬家了……每一个都是好消息。

甚至有一段期间，我就是靠着她的好消息坚持下去的。我并不是个阳光的人，我也不相信什么正能量，我觉得众生皆苦。

是蜻蜓小姐给了我一束光，她的世界里洒满了阳光，她活得神采奕奕。难得的是，她散发的光芒并不刺眼，只会让我觉得温暖。

他们准备结婚的时候，蜻蜓小姐给我打了一通电话。她说："哎呀，我就要变成母螳螂啦，再也不是美丽的蜻蜓了。"

我哈哈大笑，她也跟着笑。

"我会幸福的。"她跟我承诺。

♀ 你永远想不到，
　有些人在为什么而痛苦

　　你有没有试过站在车水马龙的街头，看来来往往的行人？

　　我试过。

　　那时候的我，刚刚失恋。我和一个男生在一起两年，两年中，我把什么都给他了，身体、心和日复一日想要嫁给他的梦想。我心无旁骛地爱着他，为了他去学煲汤，学插花，学舞蹈，等等。

　　可是在第二年的时候，我发现他"劈腿"了。他像每一个"渣男"一样，脚踏两条船。他出轨的对象给我发来了海量的照片，都是他俩亲密无间的合影。我把那些照片狠狠地摔在那个男生的脸上，质问他为什么。他就像认准了我爱他，一点都不慌乱。他摸了摸我的头说："宝贝，我和她只是玩一玩呀。"可是他错了，我宁肯被失恋的痛苦折磨，也不愿意要一个三心二意的男人。于是我跟他分手了。

在回去的路上，我突然觉得生活真是毫无意义。你所相信的东西说不定什么时候就会突然崩塌，爱人、工作、朋友，甚至亲人，这些看起来很牢固的关系，其实脆弱得不堪一击，甚至在你还来不及准备的时候就要面临着失去。

我久久地站立在十字路口，看着那些过往的行人，他们的表情或木讷，或烦躁，或迷茫，或疲惫，没有一个人的脸上挂着幸福。

那个时候我才明白：痛苦才是人生活的常态。

我记得我刚入职场那会儿，上司是一个典型的事业型女人。她留着短发，穿着套装，蹬着高跟鞋，喷着香水。她永远都面带微笑，不管面临多大的难题，都有条不紊。

我那时候刚毕业，精力充沛又心高气傲，时常闹脾气。她总是把我叫到办公室，给我倒上一杯咖啡让我静静心。我在那个公司待了一年，从来没看见她发过一次脾气。

她就像一朵郁金香，有着所有人能一眼看见的高贵与温和。

　　我曾经还偷偷想，这种女人的家庭得多么幸福才能让她每天都充满活力呀。有一次和同事聚会，我八卦地问大家："嘿，咱们老板娘生活得是不是特幸福啊？"结果得到的答案真是让我大跌眼镜。

　　原来老板娘结婚十年了都没能怀孕，一直到现在她都在打针吃药，甚至已经开始做试管婴儿。听说她老公早就开始对她不好了，也一直在筹备离婚，就等着这次试管婴儿的成败来决定呢。

　　"这些她从来不说，但是有一次周末我在超市看见了老板娘，她素颜去买菜，神色疲惫又憔悴，我差点没认出来。"同事补充道。

　　我当时心里很难受，我不敢想象，那么和善的一个女人，竟然一直都在忍受这种痛苦。

　　前些日子，有一个读者从公众号后台跟我说，她想自杀。我看到这条消息的时候，已经过去了两个小时，我急忙回复她，问她为什么。等了很久，等得我手心开始出汗了，她才终于回复了我。

　　她说她父母在她五岁的时候就离异了，她的爸爸不要她，所以她跟着妈妈生活。她妈妈又没有一技之长，所以只能靠男人。这些年来，她妈妈换了很多个男朋友，有酗酒的，有好赌的，有打女人的……每一个男人，在刚开始的时候都对她很好，可是日子久了之后，就变得不一样了。他们会觉得她是累赘是拖油瓶，就连她妈妈也说过要是没有她，会过得很幸福这样的话。

这些年来，她妈妈总是跟她说要学会为人处世，要学会看眼神，无非就是让她学会看脸色过日子。

于是她从来不看电视，家务活也总是抢着做，可是即使这样，她还是家里最不受待见的那一个。

她不懂，为什么就连在家里，她都得伪装自己。面具戴久了之后就会再也拿不下来，她已经很久都没有真正地笑过了。

她每天都在哭，枕头湿了又干，干了又湿，她的眼睛永远都是肿的。可是没有人能理解她，她妈妈只会让她争气，让她好好学习，从来没问过她快不快乐。

她说她知道这个世界上比她苦的人还有很多，也知道自己和一些人比起来已经很幸福了，但她就是觉得自己特别痛苦，甚至已经没有活下去的勇气。

　　我沉默了好久，竟然不知道该怎么安慰她，其实道理她都懂，但是并不能减轻她一分一毫的痛苦。

　　我想了很久，告诉她要努力赚钱，等有了自己的家之后，就不用再看别人脸色过日子了。

　　我想这是她目前最需要的吧。

　　其实很多时候，让我们痛苦的原因都很小，甚至不值一提。

　　我记得我有一个朋友Ａ，一到下雨天的时候，就会躲起来哭一场。我们有一位共同的朋友Ｂ，有一次跟我说，她觉得Ａ就是矫情，有什么可痛苦的呢？再痛苦能有那些得了癌症的病人痛苦吗？我至今还记得她说这句话的表情，充满了不屑和鄙夷。后来我慢慢地疏远她了。

　　每个人都有痛苦的时候，在这个过程中，就算没有人安慰，但也不要抱着不理解的态度。

　　我特别讨厌有些人总是把痛苦和痛苦做对比，非要分出胜负来才算完。痛苦没有轻重之分，难道就因为我没有别人惨，所以就剥夺我痛苦的权利吗？也许在你的眼里，我的痛苦不值一提，比不上别人残疾的腿、无法治愈的病和无计可施的穷，可是在我的眼里，我和他们是一样痛苦的。

所以当我失恋的时候，考试不及格的时候，失业的时候，请别安慰我说，这点小事有什么好痛苦的啊？你看人家非洲难民都没饭吃了……

这世界上没有感同身受，所以我不奢望你能懂我的痛苦，但是请你不要站在轻松的高地上，俯视我的痛苦。

我觉得生而为人，上天赋予了我感情，当然也就给了我痛苦的权利。即使我为了吃不到冰激凌而哭上一整天，那也是我的权利。

况且每个人都有不同的痛苦要承受，我理解你的痛苦的同时，也请你理解我的痛苦。

♀ 家乡和远方，
你要哪一个？

"你不会知道，女生一个人在陌生的城市打拼，有多辛苦。"说完这句话后，白露在电话那头哭得歇斯底里。

白露是我的好朋友，她在济南上的大学，比我高一个年级，今年就开始实习了。

她是一个特别拼的姑娘，还在上大学的时候就坚持不向家里要生活费了。做家教，发传单，写软文，她做过很多工作。最拼的一个月，她写了十五篇软文，每篇五百，一共赚了七千五百元。

不知道你有没有发现一个"原理"：事业心强的姑娘，爱情路就会不顺。白露就是。她上大学的几年，谈了两段恋爱，每一段恋爱都没坚持一个月。有时候她会怀疑自己是不是被受到了诅咒。明明她有一颗温暖的心，也对爱情充满了憧憬，怎么就总是遇见错的人呢。

上个月，白露只身去了青岛，面试了一家很大的新媒体公司，成功入职。她的薪水是她同学的几倍，甚至只要熬过了实习期，她马上就会月入上万。

所有人都很羡慕白露：起点高，工作自由度高，待遇还好。但是没有人知道她有多累，她每天最多的时候要写三篇文章，每天早上五点多的时候，她都会突然被吓醒，因为梦里有主编在催她交稿子。

白露没有一个朋友或同学在青岛打拼。这个城市对她来说，陌生得可怕。她租的房子空荡荡的，连呼吸都有回声。她每天一个人上班，一个人吃饭，一个人看电影。有时候突如其来地还会掉眼泪。可是她连难过的时间都没有，因为还要工作。

有一次在下班回家的路上，突然下起了暴雨，她没带雨伞，想跑又穿着高跟鞋，还被出租车拒载。后来，她干脆自然地走在雨里，因为只有这样，别人才看不见她在流泪。第二天，她得了重感冒，发烧到 39 摄氏度，她只能自己去医院打针。

"我已经很久没有跟一个人说过很多话了，有时候甚至会怀疑自己的表达能力是不是退化了。"

除了工作上必要的交谈，在生活中，白露宛如一个哑巴。上学的时候她特别活泼，还被大家称为话痨，可现在在压抑的环境下，她变得越来越内向。

有很多人劝她坚持下去，说熬过这阵子就好了，时间长了就会慢慢和同事相处融洽。白露也清楚，可是这段时间对她来说，就是难以忍受。

"我现在才知道，一个女生过分要强，反而会更累。可是这世界又不会因为我不要强了，就会有人来爱我、呵护我呀。"有很多次，她都想干脆收拾行李回家。家乡虽然地方小，但是物价低，工资低也能活下去，并且压力不会这么大。

但是，每次她都挺过去了。

有一个问题一直以来就没有正确的答案，那就是：毕业后是留在家乡享受安逸的生活，还是去大城市打拼一番事业？

诚然，我不否定去大城市的人的勇气，但是我也佩服在小城市的人的坚定。有很多人就是这样的，他们并不想功成名就，也不想飞黄腾达，他们就想每个月赚三四千元的工资，上班走路就能到达，想吃饭不用跨几个区，周末能和一群朋友凑在一起喝酒。这种人错了吗？也没错呀。

我有一个朋友，从小学习就不好，但是为人特别仗义。他上的大学就是人们口中的"野鸡大学"，他每天都在打游戏泡妞，有一次一起喝酒，我问他以后打算怎么办，本来以为他会有些烦恼，结果他洒脱极了。

"还能怎么办，找个差不多的工作，然后娶妻生子呗。"他笑着说。

"你要去哪个城市？"我问。

"为什么要走？我就要在家里上班呀，我在这儿出生，在这儿长大，我早就习惯了这种生活了，我不走。再说了，要是都走了，你将来回来的时候，谁请你喝酒呀？"说完他举起杯来跟我干杯。

我身边有很多和他想法相同的人。他们都没有大志气，也不羡慕在大城市出人头地的人。他们最大的梦想就是，过着普通又安逸的生活。

可是，小城市未必就全是好处。

芙蓉毕业后，回到了家乡，在父母的安排下，进了一所小学当老师。后来，又和同事谈起了恋爱，没多久就结婚了。因为房价低，他们在父母的帮助下付了全款，所以并没有每个月还贷的压力。日常的休闲生活，无非是周末和朋友聚个会，偶尔去公园散个步，或者是开车去周边城市逛逛。

慢慢地，她也觉得无聊。尤其是看了在北京的同学发的朋友圈之后。那些在北京的同学每天都能去新的餐馆尝试不同的美食，每天的工作都有新的挑战，每天都活得很充实。然而芙蓉的生活，每天都是一样的，甚至未来的几十年也是一样的，一点变化都不会有。

有时候夜深人静，她会翻来覆去地睡不着，觉得自己的生活毫无意义，这辈子都被这座小城市困住了。可是让她放下这份安逸，跑去大城市打拼，她又提不起勇气。

这世界没有人的人生是完美的，失之东隅，收之桑榆。每个人的人生都有独特的美好，但是却永远只能活一种人生，所以如果你已经选择了你未来的路，就不要艳羡另一条路上的花，因为你这条路上有更香的草。

♀ 想要谈一段
平淡无奇的爱情

某天晚上失眠，我刷微博看到这样一段话：昨天晚上你眼眶通红说爱我的样子，我想我大概要记好几年。希望未来的我可以不猜不疑不玻璃心，愿你爱我平淡无奇，不必花费全身气力，也希望你爱我时间长久，不喜轰轰烈烈筋疲力尽，想做你疲惫不堪的最后一根稻草，不做塑料情侣，一点烤就化，一点风就裂。

我像是一下子被戳到了死穴，久久不能动弹。然后我发疯似的把床底的箱子翻了出来，找到了几年前的日记本，里面有一段话和这段话差不多。那时候我正和一个高高的男生谈恋爱，我们说过很多山盟海誓，我当时坚信我会嫁给他，于是我写道：要好好爱他，不要猜疑不要妒忌，希望未来几十年的风景，都是他陪我看。

可是后来的发展变化让人措手不及，我们都在爱情里渐渐拉扯了面孔，变得面目可憎。他觉得越来越疲惫，我也开始爱猜忌，明明同舟共济的两个人，却不知不觉站在了对立面，直到分崩离析也没给彼此一个笑脸。

现在想来，也是挺遗憾的。

上个月我去参加了大学同学的婚礼，他们恋爱长跑八年，依旧甜蜜如初。主持人打趣地问他们俩的恋爱保鲜秘诀，女生害羞地捂着嘴偷笑，男生接过话筒大大方方地说：可能是因为我们彼此笃定，所以我们很少吵架，更多的是互相开通、互相安慰、互相依靠。

的确是这样，这些年来我很少看见他们红脸，更多的是老夫老妻般的互相扶持。他们会在下班后一起牵着手去菜市场买菜，也会一起骑单车去郊游，还总是在周末一起去书店消磨时光。

记得有段时间，男生被公司派到外地出差半年多，因为工作繁忙，两个人常常好几天才打一个几分钟的电话。那时候很多人都提醒女生，让她对男生管得严格一些，可女生总是笑着说："不用担心，我相信他。"

我一直觉得他们俩的爱情秘诀除了彼此是对的人之外，也离不开他们的经营。可能大家年轻的时候都一样，觉得经营爱情就是怀抱着满满的爱无处安放，爱上谁就一股脑地把爱全都塞给他，也不管他是否会觉得有负担。那时候大家总觉得爱情就应该像琼瑶剧里演的一样轰轰烈烈，走高山，蹚大河，因为爱比天高，比海阔。

现在回想起来才会觉得有些太用力了，用力到我们好像只是为了爱情本身而爱，而不是为了那个人。

你也二十几岁了，不要在爱情里莽莽撞撞了，你要学会笃定，学会安稳，学会为一个人洗手做羹汤。不要再追寻虚无缥缈的暧昧，也不要再陷入毫无未来的等待，两个人合不合适，其实当事人最能感受出来，要学会及时抽身，及时止损，不要为不值得的人伤心。

不要再谈塑料恋爱了，那种经不起一点风雨，爱几个月就挥挥手，然后一个人躲在角落里舔伤口的爱情，除了只会一点点地消耗你对爱情全部的憧憬之外，什么也给不了你。

你需要的是一个真正对的人，然后两个人一起用心经营你们的爱情，宁愿爱得少一点，也要爱得久一点，在平淡日子中感受快乐，感受幸福，好吗？

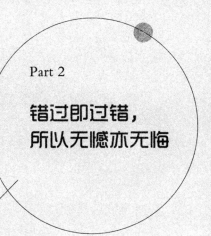

Part 2

**错过即过错，
所以无憾亦无悔**

♀ 很可惜他是志明，
我不是春娇

我记得我上学那会儿，特别想当潇洒小姐。因为我觉得什么都无所谓的那股劲儿特别酷，所以我特别讨厌拖泥带水优柔寡断，甚至还很鄙视和前任复合这种事，不是有句话说得好吗，好马还不吃回头草呢。

那时候只要谈恋爱，我就会提前通知我的男朋友一声：哎，要是分手后不要来找我哦，我绝对不会回头的。

后来有个朋友在某个下午认真地看着我说："你伤害了那么多人，以后是要遭报应的。"我当时觉得她极其好笑，感情世界里谁伤害到谁不都是你情我愿的事吗，和因果论有什么关系？

直到后来，我遇见了我的"志明"。那会儿《志明与春娇》正在热播，我还拉着我的朋友去电影院看了两次。结果没过几天，我就在朋友的生日会上遇见了另一个"志明"。

和电影里的志明一样，他爱玩爱闹又幼稚；和电影里的志明又不一样，他没有余文乐那么帅气的脸。不过我本来就不是"颜控"，更何况他十分幽默，每说一句话我都会笑得前仰后合。

我问他："嘿，你去看《志明与春娇》了吗？"他笑着点点头。

我说："那就简单了，你当我男朋友吧，大不了我改名叫春娇。"他哈哈大笑，没拒绝也没同意。

后来我才知道，他和志明还有一个共同点就是喜欢和不同的女生暧昧。可笑的是，当我知道这件事的时候，非但没有生气，反而还有些欣喜，因为他和电影里的志明更像了。

我竟然默认了当他众多暧昧对象中的一个，并且还为了脱颖而出而费尽心思。

我的朋友都骂我太"贱"了，是不是宫廷剧看多了？不然怎么会愿意和那么多女生分享同一个男生呢？

可那时候我就像是被下了蛊，任谁怎么劝都没用，我就是要千方百计得到"志明"的心。

"志明"也果然不负众望，他像是认准了我舍不得离开他，所以从来都没把我放在心上。约会的时候，他从不避讳在我面前给别的女生发短信、打电话，甚至偶尔还主动跟我聊他的其他暧昧对象。

我也没让他失望，总是表现得十分大方，好像大度的正宫，懂事又可爱。可是他从来不知道，每次听他讲起那些和他暧昧的女生，我的心都在滴血。甚至会影响我好几天的心情，我的枕头上也都是泪水。这些我从来不让他知道。我固执地要当一个潇洒小姐，让他自动地留在我身边，可是这背后付出的代价之大，难以想象。

我像一根时时刻刻都绷紧了的弦，生怕自己出一点差错。有一次，他来我家陪我过生日。我做了一桌子菜，还在他的注视下许了愿，我的愿望是：我希望我面前这个男生会永远喜欢我。

但是当他问我的愿望是什么的时候，我撒谎说，希望大家都平安。

那天他表现得很好，没有掏出手机回复其他女生的短信，也没有打一个电话。而且他答应留在我家陪我过夜。

我紧紧地抱着他不撒手，直到他说他快喘不过气的时候，才稍稍放开了一点。他亲吻我的额头说："傻瓜，今晚我不会走的，你别怕。"我在他怀里点了点头，安心地睡着了。

半夜的时候，他的电话响了。我闭着眼睛听他在安慰一个女生，电话那边的女生哭着让他去陪她，他哄了半天也没用。最后，他轻轻地起身，默默地穿好衣服，蹑手蹑脚地走了。

自始至终，我都假装在睡觉。一直到他出了门我才敢哭出声来。我扔了所有关于他的东西，甚至还扔了两张《志明与春娇》的电影票根。我"拉黑"了他，哭着告诉自己一切都结束了，你不是春娇，你只是普通人。

他没有回来找我，或许也给我打过电话，不过都不重要了。因为我明白了在他心里，我其实一点位置都没有。因为一个人若真想找到另一个人，说难也难，说简单也简单。他可以到我家来找我，可以来我的公司找我，可是他没有。

我堕落了两个月，每天将自己灌醉，醉的时候以为自己什么都忘了，可是醒来以后发现什么事都在眼前，挥之不去。我去一家理发店剪短了头发，将头发染成了紫色，我跟自己说，就任性最后一次。

我终于相信了爱情中的因果论，因为我的报应来了，它让我痛不欲生，让我想做以前最讨厌的事：与前任复合。

不过也许在"志明"的心里，我从来都没和他谈过恋爱，我只是和他暧昧了一场，然后又失踪了两个月而已。

再次出现在他面前的时候，我依然装作很潇洒。我去了他常去的酒吧，和朋友若无其事地喝酒。我等了半天，直到我要走了的时候他才来。

果不其然，他身边站着一个特别性感的女生，他搂着她的肩，亲密地滑到舞池。我没有动，一直平静地喝酒。

我的朋友在我耳边偷偷跟我说："'志明'早就已经看见你了，但是他没过来，这就说明他对你已经没兴趣了，你还不知道吗？尽管你剪了头发又染成了紫色，那你也不是春娇。"

我笑着告诉我朋友她错了，按照"志明"的性格，要是他真对我没想法了，反而会过来跟我说话，现在他越躲着我就说明他越在乎我。

为了证明我是对的，我也去了舞池跳舞，还和一个肌肉男跳起了贴面舞。没到两分钟，我就被"志明"拽了出来。

他拿着我的包，把我送回了家。他坐在我家的沙发上，眉头紧蹙。他承认他喜欢过我，但不是唯一的那种喜欢，他喜欢我的同时也喜欢着别人。

我问他："要是只能选一个呢？"他沉默了好久，然后说："不知道。"

这次我没有放任自己不要脸，我说："那你选别人吧，我不是春娇。"

那之后我们再也没有联系过，两年后《春娇与志明》上映了，我没去看。

后来"志明"结婚了，听我的朋友说，新娘很普通，一点都比不上我。再后来我看到了他们的结婚照，我认识那个姑娘，当年还是我的情敌之一。

《春娇救志明》上映的时候，我在电影院里伤心大哭，其实电影并没有那么感人。但是我也不知道我在哭什么，也许是哭我的青春吧。

很可惜，我遇见过志明，但是我不是春娇。

♀ 那些细小的改变，
都是没说出口的爱情

前阵子一直在看《春风十里不如你》，比起"站 CP"，我更欣赏两位女主角对于爱情的果敢，无论是赵英男式的送咖啡，还是小红式的有难同当，都是敢爱敢恨的表现。

我一直很羡慕那些勇于表达喜欢的女生，无论是青春期里在男厕所门口的大声告白，还是成年后主动约男生看电影，在我眼里，都是等量的勇敢。

但是这世界上并不只有勇敢的女生，还有很多将喜欢埋在心底的女生，她们怀抱着那份小心翼翼的真心，为了喜欢的人做出许多改变，却因为不擅表达，而被忽视了。

爱夏喜欢大春已经有五个年头了。从高二到大三，五年的时间爱夏学会了化淡妆，也学会了穿高跟鞋，女大十八变，但唯一不变的是心里那份对大春执着的喜欢。

爱夏还记得，高二刚开学的时候，大春作为转校生，背着耐克的单肩包走进门的那一刻，阳光正好洒在他的脸上，他的眼瞳像是琥珀色的深海，一下子就将爱夏吸引住了。

爱夏从小就是父母眼中听话懂事的孩子，她从来没吵着向父母要过东西，也没有叛逆期。她从不说自己的喜好，也不善于表达自己的情感。她像是一个失了声的音乐盒，只会旋转，不会发声。

没遇见大春之前，爱夏不懂什么是爱情，尽管她看过很多爱情小说，也看过很多偶像剧，但是爱情这两个字，在她的脑海里，是没有具体的轮廓的。直到遇见大春的那一刹那，爱夏心中那扇爱情的门突然打开，里面山花一片、候鸟成群，大春就坐在溪边，冲她微笑。

可是爱夏无法将"喜欢"二字说出口，只能变成具体的行动。比如在知道了大春没有吃早饭的习惯后，她总是第一个到教室，在大春的书桌里放下豆浆和包子；为了帮助大春提高英语成绩，她总是利用自己课代表的身份提问他单词；她会抱本书在操场散步，其实是为了能远远地偷看大春打篮球……在知道了大春喜欢长头发的女生后，她生平第一次跟父母提出要留长发的请求；为了能和大春更靠近一点，她买了很多关于篮球的周边产品，逼自己了解那些体育知识；听说大春喜欢林志玲的声音，她就每天压着嗓子说话……

她做了所有能做的事，可是大春一件也不知道。

前阵子大春谈了恋爱，请爱夏和一众朋友吃饭。女生小鸟依人地靠在大春的怀里，笑容灿烂。那晚大春很高兴，喝了很多酒，吐了满地之后瘫在桌上起不来。女生坐在大春旁边，眼睛里满是嫌弃，屁股也不自主地往旁边挪。

爱夏默默地收拾了一切，又拿湿巾给大春擦了嘴，最后扶着大春上了出租车。第二天早上，大春发了朋友圈，说感谢自己的媳妇照顾喝醉的自己。爱夏看着那条朋友圈，一下子哭了出来。

这世间，多的是和爱夏一样的女生，她们赤诚爱人，为爱做出了很多改变，但是她们却不擅长表达，于是总是爱而不得。

在爱情里，有人喜欢做一百说五十，有人喜欢做五十说一百，还有人和爱夏一样做了一百却什么也不说。

那些在爱情里羞于表达的女生都是爱情里的弱势群体，因为这年头都是会哭的孩子有奶喝，会撒娇的女人最好命，不擅长表达情感的女生反倒没人爱。

也许你会不甘，你为他做出的那些细小的改变，他都不知道，但是你不要怕，爱情对每个人都是公平的，你那些没来得及说出口的喜欢总会被值得的人看见。他会踏遍万水千山而来，看破你心中的湖泊山海，然后心疼地将你拥入怀中，轻轻地在你耳边说：我都懂。

♀ 爱我少一点，
爱我久一点

年轻人谈恋爱，总是追求轰轰烈烈，喜欢一个人就要在他面前将自己全部掏空。

清晨给你，黄昏给你，素颜的清纯给你，浓妆的娇媚给你，可爱给你，任性给你，长夜无眠的泪水给你，温热的嘴唇给你，好奇给你，湿热的呼吸给你，怦怦跳的心也给你，全都给你。

但是这种炽热的感情却很短暂，有点像漫天的烟火，璀璨耀眼之后只剩空虚寂寞，和爱不下去的失落。没人能忍受喧嚣之后的寂静，就像没人能忍受热恋之后的冷漠一样。

姗姗和她男朋友刚在一起的时候，黏得像两块磁铁。

两人的公司距离不近，但是男生却宁肯每天坐半小时的地铁，在线路中间的地方约姗姗吃一顿午饭。为了能多见面，男生还拿着笔记本陪姗姗加班。男生认为，只要能见面，哪怕彼此各忙各的，也是幸福的。

"热恋中的男女都是傻子"这句话不假，男生一看见姗姗就抿着嘴笑，一起走路也总是侧头偷看她，跟姗姗说话永远都是商量的语气，软软糯糯地询问，从不说一句重话。而且他还总是为姗姗制造小惊喜，时不时地就偷偷往姗姗的包里塞一支口红，有一次还扮作快递员去姗姗公司给她送玫瑰。

有一次男生去外地出差，本来是一个星期的日程，男生却在出差第三天的晚上坐飞机跑回来陪姗姗吃火锅，吃完火锅又坐飞机赶回去了。

"没办法，我太想你了，好想把你变小揣进兜里带走啊。"姗姗一直都记得男生抱着她的时候在她耳边说的这句话。

可是就在所有人都羡慕姗姗把恋爱谈得像偶像剧的时候，姗姗却突然跑过来跟我哭诉说男生变了。

他不再每天跟姗姗说早安和晚安，也不再叮嘱姗姗要按时吃饭，约会的次数也越来越少，有时候好几天不聊天，男生也不再经常主动找她。而就算姗姗主动说话，男生的回复也很敷衍，有时候回复的速度甚至比快递还要慢。

姗姗见过男生爱自己的模样，所以知道男生的表现已经代表着不爱。

后来姗姗决定和男生谈谈，他俩聊了一整个夜晚。男生说他并没有出轨，只是爱不动了。

因为他之前给姗姗的爱太多了，他拼命地将自己为姗姗燃烧，从没有考虑过自己的爱是有限的，等到爱已经亏空的时候才发现，他的热情与爱意也已经耗尽了。

我想这也是很多情侣很快分手的原因吧。

大家都一样，喜欢热恋和疯狂，对于平淡和缓慢总是下意识地讨厌。但是如若给你短暂的燃烧或是长久的温暖，你会选哪一样呢？

我想我会选择后者。

很多人都发现，真正白头到老的人从来都没有什么轰轰烈烈的回忆，他们的爱情可能平淡得如白开水一样，没有丝毫的滋味。他们可能没有刻骨铭心的回忆，可能没有花前月下的浪漫，也可能从来没有对彼此说过一句情话，但是，他们的爱却体现在柴米油盐酱醋茶以及生活中各种鸡毛蒜皮的小事中。

真正会爱的人，从来不会一下子拿出全部。日子是一天一天过的，爱也是一点一点给的，毕竟我要的不是乍见之欢的喜欢，而是久处不厌的深爱。

所以还是请求你，爱我少一点，爱我久一点吧。你不用费心为我构思巧妙的情话，也不用劳心为我编排浪漫的活动，你只需要记得我的喜好，或者在我需要你的时候及时赶到。

生活已经够精彩了，我只想和你一起看细水长流。

♀ 我不想
喜欢其他人

"喜欢"这两个字，只要脱口而出，就是一个冗长的故事。尤其是年少时候的喜欢，可爱又幼稚，简单又轻狂。

青春期的时候，很多女生都会因为自己喜欢的男生不喜欢自己而郁郁寡欢，仿佛天都塌了下来。后来女生们长大了，在爱情里磕磕绊绊地一路走来，也明白了一个道理：爱情不是要求公平相待的锱铢必较，而是周瑜打黄盖，一个愿打一个愿挨。

电视剧《春风十里不如你》中的小红，喜欢秋水整整七年，尽管秋水有女朋友了也没放弃。她没有做出"小三"的不齿行为，而是一直在秋水身后默默地等待他。七年里，她一直不肯谈恋爱。

有人说小红傻，放着"高富帅"的小白不要，偏偏"吊死在一棵歪脖树上"。其实就我而言，小红不傻，她只是在爱情的这条单行道上，认真向前，不管是不是黑夜。

我们身边好像都有一个小红，她不矫揉造作，痛快又敞亮，炽烈又疯狂，爱上一个人就会一条道走到黑，不计较回报，不在乎未来。

我还记得七年后的秋水跟小红说让她去谈恋爱的时候，小红潇洒地说道：你管不着。那个瞬间，我着实体会到了小红这一人物的性格魅力。

所谓敢爱敢恨，也不过如此了吧。

清子是我所有的朋友中，脾气最倔强的一个。她的爱情观有点像《二次曝光》里范冰冰饰演的宋其，崇尚就算不能在一起，也要用尽自己的万种风情，让他在任何不和她在一起的时候，内心无法安宁。

大二那年的暑假，清子在游泳馆结识了兼职游泳教练严声，用清子自己的话说，她从来没见过那么明媚的男生，仿佛只要他一笑就会颠倒众生。清子利用自己撒娇打诨的本事，迅速让严声记住了自己。清子顺利加上严声的微信的第一时间就翻遍了严声的朋友圈，确认了严声是单身之后，她长舒了一口气。

世界上最藏不住的事情有三件：贫穷，咳嗽，和一个女生的爱慕。

为了接近严声，清子简直扮演了一个"智障"的角色，无论哪一种泳姿她都记不住，并且无时无刻不叫严声陪她练习。回家后清子还假装好学，给严声发微信请教，借此把严声的基本信息盘问个底朝天。

那个夏天对于清子来说，只有严声月牙般的眼睛、游泳池里清凉的水和枕头上关于他的梦。

可是严声对清子的态度，从来都和其他学员无异，一直是礼貌又疏离。清子以为是严声木讷，于是就拼命地暗示，甚至主动提出约会的请求。可是无一例外等来的都是拒绝。

清子在爱情里是一张白纸，没爱上过谁，也没受过伤害，严声是她第一个喜欢的人，却又给她伤害最深。但是哭过之后，清子还是决定继续喜欢严声，尽管这份喜欢等不来回报和收获，她也义无反顾。

时至今日，清子已经毕业一年了。她学会了穿高跟鞋，学会了化淡妆，学会了一些职场规则，却没学会不喜欢严声。

尽管严声在这三年里，与其他人相爱又分开，但是清子始终站在严声背后的阳光里，默默等待。

清子跟严声说：你不用有负担，我喜欢你是我自己的事，我只是不想喜欢其他人。

对于爱情，一千个人心中有一千个哈姆雷特。

《武林外传》中祝无双的爱情观我十分认同，她喜欢秀才却爱而不得，当郭巨侠问她既然这么明白爱情的道理，当初为什么还要放弃秀才时，她眼含热泪地说：因为爱情，它是条单行道。

没错，若是侥幸碰到两情相悦，当然是爱情之幸，但若是没有那个运气只能单恋也是我一个人的事，和我喜欢的人无关。

我喜欢你，是我生而为人的权利，你有权利不喜欢我，但是你没有权利让我不喜欢你。

所以还请你不要剥夺我的权利，因为我不想喜欢其他人。

♀ 哪有什么秒回，
不过是我在等你

最近知乎上兴起了一个问题：为什么女生现在都不喜欢回男生微信了？

底下的回答五花八门，万变不离其宗的一个原因不过是"不喜欢你"。

对呀，我若喜欢你，我会每天抱着手机等你的消息，我会把别人的消息都设为免打扰，我会秒回你的消息！

可是我若不喜欢你，你不停地给我发消息只会造成我的困扰，你问我的问题只会让我觉得无聊，甚至你给我发的消息还会让我误以为是我喜欢的人发的，所以只会给我带来失望。

谈恋爱的时候，很多姑娘对男朋友都有一个共同的要求，那就是：发消息必须秒回！

因为等待实在是太煎熬了，我给你发的"想你"，必须即刻就得到回应；你说"爱我"，我会立刻回答"我也爱你"。我甚至觉得网速太慢，不能达到异口同声的美妙。

所以说，秒回真的很重要。

草莓和她的男朋友山药就是一对很好的例子。

草莓是特别容易缺乏安全感的双鱼座，而山药则是拼命要自由的射手座。看似水火不容的两个星座，果然彼此也是互相排斥，互相吸引。

要好的时候，就像吃了一勺纯蜂蜜，甜得腻人；吵架的时候，又像两颗星球碰撞，天崩地裂。

草莓从谈恋爱那天起，就对山药订了一条规定：不管多忙，消息一定要秒回。

山药并未在意，随口便答应了下来。

可是好景不长，没到一个月，草莓就发现山药不再秒回她的消息了。甚至有时候，上午发的一条消息要等到傍晚才能等到一句"嗯"。

草莓的天性被激发，她失去了安全感，开始患得患失，觉得山药不爱她了。

山药却觉得委屈，他工作特别忙，哪有时间时时刻刻都秒回啊。再说了，草莓太黏人了，山药觉得自己没有了自由。自由对射手座来说至关重要，要知道射手座的标志就是"要自由，或者死"。

可是草莓振振有词：为什么我对你永远都是秒回？我工作就不忙吗？还不是因为我爱你！

后来两人各退了一步，山药忙的时候告诉草莓一声，草莓也不苛求他每一条信息都必须秒回。

两人日子又恢复了甜蜜。

其实对女生来说，秒回并不意味着你就是爱我，而是代表着一种态度，代表你在乎我的态度。

当然，要是你用其他的方法让我感受到了你的在乎，那我还会揪着秒回这件事吗？

我的高中同学菠萝在这件事上，就特别与众不同。

菠萝和土豆从高一那年相恋，到现在已经五年了。

五年期间，两人分分合合了好几次，最后在两年前才稳定下来。从此两人只有甜蜜，没有争吵。

说实话，上学那会儿，谁也没想到他俩能走下去，就算现在老同学见面，提起他俩也都还是说同样一句话：什么？他俩还没分手呢？

尽管所有人都不看好他们的恋情，可是人家根本不在乎，依然每天在朋友圈秀恩爱。

假期的时候，班长组织了一次高中同学聚会，菠萝和土豆当然没缺席这个秀恩爱的好机会。

酒过三巡，好多女生跑去跟菠萝取恋爱经。

菠萝喝了点酒，脸红红的，像个苹果。她有些不好意思，双手捂着脸让大家别闹了。

大家纷纷说她不够意思，然后继续追问。

"你查他手机不？"

"你俩多久见一次面？"

"你发消息他秒回不？"

……

菠萝被问得晕头转向，她笑着一一解答大家的问题。

不查手机，一星期见一次面，不需要秒回。

大家被她的回答惊呆了。

这种爱情是电视剧里才有的吧？现实生活中怎么可能呢？

菠萝说，起初谈恋爱的时候，当然要求信息秒回了，偶尔也会查他手机。但是后来发现，这种事情只会变本加厉，比如说偶尔有一次不秒回信息，她就会胡思乱想；一开始一星期查一次手机，后来就想每天查。

慢慢地，她和他都筋疲力尽，两人开始不断地吵架，分手，再和好。

最后和好那次，她和他定了个规矩：不查对方手机，忙的时候信息也不需要秒回。

"那你不怕他出轨呀？"有人问。

"不怕，我和他约好了，喜欢上别人了要告诉彼此，好聚好散。"

众人听完了，都有些唏嘘。

这大概是谈恋爱的最高境界了吧，不害怕，不闪躲，不避让。

但是恕我直言，没有几个女生能做到菠萝这样的地步。

大多数女生还是和草莓一样，在谈恋爱的时候要求秒回信息。

在恋爱里，女生通常更容易认真，喜欢强调等量付出。例如，我秒回了你，你为什么不能秒回我？

你可以迁就她一点，过了一段时间，她对你放心了，就不会再要求了。

提醒广大男生，有一个雷区千万不要踩。那就是反问女生说，我也没要求你秒回我啊！

我有个男性朋友，就是因为犯了这个错误，到现在还单身呢。

因为你那不是明知故问吗？哪有什么秒回，不过是她在等你呀。

♀ 爱情里没有计策，
只有真心

在十七岁的时候，我打了七个耳洞，戴了七个闪闪发光的银耳钉。那时我正和一个长相干净的男生在一起谈恋爱，每天晚上都会花一个小时的时间坐在台灯底下给他写情书。我一字一字地斟酌，严格使用每个标点符号。我写了无数句肉麻又感人肺腑的情话，那是些即使现在给我一百万，我也羞于出口的情话。

我在每张草稿纸上写满他的名字，回想每一次约会的具体情节，幻想下次见面的种种事宜……我觉得这就是爱情，坦荡，炽热，疯狂，不顾一切。

在后来的几年里，我并不太想承认那个疯狂的自己，觉得那和我太不相像。可是无论怎样，我都无法否认，那就是我，那就是在爱情里的我。

在后来与人的暧昧周旋里，我变得狡猾。我学会了很多爱情的计策：欲擒故纵，故作矜持，等等。学会这些计策之后呢，我并没有变得更幸福。相反，我有些怀念十七岁的我，那个坦荡爱人不顾一切的我。

而现在之所以单身男女那么多，大概就是因为我们太擅长用计了。

上个周末，我们的部门经理组织郊游，准备去郊区租个别墅，弄点烧烤，玩玩游戏什么的。同事糖糖为了这次郊游早早地就开始准备：搭配的衣服，聊天的话题，准备的表演节目……足足准备了一整个星期，单单去商场买衣服，我就陪她去了三次。

为什么呢？

还不是因为糖糖看上了新来的男同事Ａ嘛。

Ａ是从别的部门调过来的，听说没调过来之前，糖糖就在电梯里见过他，一见钟情。可惜那时候糖糖不知道他在哪个部门工作，现在他被调过来，岂不是老天爷都在帮助糖糖牵红线？

"不能错过这个机会，不能放过他。"这句话已经变成了糖糖的口头禅。

郊游当天，糖糖穿着新买的碎花裙子，涂了浅色的口红，巧笑倩兮，顾盼生辉。她主动请缨去烤肉，我们见机立刻让A去帮她的忙。心想他们俩男女搭配干活不累，也许聊一聊还真有进展呢。

吃饭的时候，我特意凑到糖糖旁边偷偷询问进展如何，糖糖摇了摇头说："我还故意假装摔倒想让他扶我，结果人家全程专注烤肉，一点都没理我。"

"那怎么办，还要继续吗？"我问。

"当然了，我就不信他是一个榆木脑袋！"糖糖咬牙切齿地说。

吃完饭大家坐在一起聊天，糖糖提出要玩真心话大冒险的游戏，回答不上来就喝酒。这可一下子把众人的热情点燃了。

每个人都知道糖糖醉翁之意不在酒，所以也都配合她。几轮下来A被灌了不少酒，因为只要是有关A的隐私，他统统不回答。糖糖有些扫兴，但是为了在A面前表现，她一直强颜欢笑，还替A挡了几杯酒。这几杯酒下肚，糖糖开始装醉，她借机将头倚在Ａ的肩膀上假装睡着了，众人见状忙让Ａ送糖糖回房间。

本以为促成了一对金童玉女，是个皆大欢喜的结局。可是自从那天以后，两个人一直处于一个特别尴尬的状态，糖糖也对Ａ不再热络。

后来糖糖跟我说，那天晚上Ａ把她送进房间后就跟她说让她别装了，Ａ知道糖糖其实没醉。然后Ａ明确地表示自己对糖糖没意思，让糖糖别再白费力气故作姿态了。

"你说，我当初要是不整出那么多幺蛾子，而是直接跟他表白，他是不是就会答应我？"糖糖问我。

"那你为什么不直接表白呢？"我反问道。

糖糖在大学的时候，和十七岁的我一样，是个敢爱敢恨的姑娘。

大一刚开学，糖糖就喜欢上了她们班的一个男生，那个男生军训的时候站在糖糖的斜前方，糖糖可以清晰地看见他流淌的每一滴汗。男生很爱贫嘴，总是和教官斗嘴，所以总是被罚跑圈。

糖糖确定自己喜欢他，于是就托人要来了男生的QQ。她花费一天的时间看完了男生的所有说说和留言，在确定了男生是单身之后，糖糖对他展开了猛烈的攻势。

很直接，没有一点的委婉。

糖糖在某天结束了军训后，把男生叫住，在众目睽睽之下，向他表白。没想到平时贫嘴的男生那天被糖糖的阵势吓得失语，仓皇而逃。在之后的大学四年里，男生看见糖糖就像老鼠见了猫。

糖糖不懂，自己只是表达了爱一个人的心意而已，难道错了吗？后来糖糖的室友告诉她，糖糖的错误在于直接表白，女生天生就应该矜持，可以欲擒故纵，但就是不能直接表白，因为直接表白面临的风险太大了。

糖糖相信了室友的话，开始在爱情里运用计策，尽管不那么开心，但是至少不会丢失面子。

可是那天晚上Ａ的话却是实实在在地点醒了糖糖，其实谁都能看出来她的故作姿态，她的那些把戏，全被大家看在眼里。

"我才发现我好像跳梁小丑啊。"糖糖苦笑。

其实每个女生都会有那么一个时期，在爱情面前惺惺作态，对自己爱的人耍把戏，又或是靠那些把戏去赢得一个人的芳心。也许刚开始会觉得幸福，但是久而久之，就会觉得疲惫。毕竟爱情不是战场，不是需要那些计谋才能生存。

爱情是两个人用最真实的模样才能碰撞出来的火花，需要的只是你那不计较的真心，和那如十七岁一般的勇气。

用计谋得来的爱情总是会让人惴惴不安，就像是撒了一个谎就要用一万个谎言去圆谎一样，用了一个计谋就需要不停地用计，因为那时候你的真心已经显得格格不入了。

与其虚假地去爱一人，不如掏出蒙尘的真心，擦擦灰尘，好好去爱一个人。

你说呢?

♀ 你走吧，
我不想再反复了

"一个人的一生，一定有那么一个人，他的出现会把你所有的计划全都打乱，你手足无措地面对着他的到来，你本能地想抗拒与他的纠缠，但是你不能。"这是某个凌晨，我的表姐倚在床头对我发出的感慨。

她今年三十岁，已经结婚生子，儿子也五岁了。按理说她这个年龄没结婚的也大有人在，她怎么这么着急就结婚了呢？

表姐说，她和姐夫那时候是闪婚，谈恋爱三个月就去领证了。"当时什么都没想，就是觉得这个人对我不错，我也挺喜欢他，家庭各方面也都合适，那就结婚呗。"

"那老杨呢？你和老杨是怎么分手的？"我问。

表姐曾经有一个家里人都知道的男朋友，叫老杨。那时候表姐喜欢他喜欢得厉害，谁说老杨一句坏话她就和谁翻脸。

老杨是表姐的初中同学，他俩坐前后桌，表姐文科成绩好，老杨理科成绩好，于是就组成了互帮互助的学习小组。老杨是那个年代里女生的男神，因为他会打篮球，长得也特别像《十八岁的天空》里的男主角。但是当时表姐根本就没往爱情方面想，觉得老杨只是自己的好朋友。

是什么时候发现老杨很帅的呢？大概是高一。上了高中之后，老杨依然是学校的风云人物，每天去看他打篮球的小姑娘有不少。表姐总是远远地看上一眼，渐渐地在心里也默默地将老杨从好朋友的位置上拉了下来。不过表姐和老杨不在一个班，关系也变成了只是见面打招呼的普通同学。

很遗憾，表姐和老杨在高中期间没发生任何的爱情故事，倒是分别谈了一段恋爱。

故事的转折点，发生在俩人上大一的时候。不知道是怎么开始的，俩人开始聊 QQ，聊了很长时间，暧昧得不行。表姐趁着周末去老杨的城市看他，老杨带着表姐吃了饭也看了电影。在过马路的时候，他还牵了表姐的手。

牵手在我们这个年代，也许意义模糊。但是在他们那个年代，却意味着承诺。

表姐满心欢喜地回了学校，结果老杨却失踪了。整整一个星期，老杨都没联系表姐，电话无人接听，根本找不到他。一个星期后，老杨云淡风轻地找表姐聊天，表姐质问他为什么失踪，没想到老杨却说："我凭什么跟你报告我的行踪？你是我的谁呀？"最让表姐伤心的是，老杨还问她说，"你以为牵了手，你就是我的女朋友了吗？"

表姐愤恨地把他"拉黑"了，发誓以后和他再无瓜葛。但是，当老杨再加她的时候，她还是点了同意。

这次，俩人是真的谈恋爱了。和歌词里唱的一样：那时候的爱情，为什么就能那么简单。

表姐去找老杨的次数越来越多，两人像所有的情侣一样，吃饭，看电影，唱歌。但是又和现在的情侣不同，因为那时候他们极其纯洁。

所有应该发生点故事的夜晚，他俩不是在网吧包宿，就是在街头散步。

"不知道，那时候没有开房的概念，我们甚至在马路上闲逛了一整宿。"表姐哭笑不得地告诉我。

表姐是个付出型的女生，只要谈恋爱就无条件地付出，不在乎任何回报。

和老杨在一起的两年里，她从来没发过一次脾气，或者任性一次。尽管老杨既不体贴也不浪漫，甚至还有些孩子气，但是表姐就是认定了他，九头牛都拉不回来。

大三的时候，老杨去做了空降兵。表姐开始给他写信，起初还能收到老杨的回信，可是渐渐的老杨再也没有回复过表姐。老杨再一次失踪了，这次是两年。

表姐郁郁寡欢了一段日子，整天以泪洗面。后来也看透了，觉得自己为一个不会回来的人执着也太傻了，于是表姐也跟别人谈起了恋爱，但是那段恋爱具体发生了什么，无论表姐怎么用力回忆，也想不起来了。

表姐毕业的那一年，老杨退伍了，再次回来找表姐。其实被爱的人都是很有自信的，像老杨，他就很确定，表姐还喜欢他。

那时候的表姐，虽然还喜欢老杨，但是也已经长大了，她不会再像以前那样全身心地为老杨付出，也不会事事都以老杨为中心。而且那时候的表姐比两年前瘦了二十斤，还剪短了头发，穿上了高跟鞋。就是这么俗套，一个女生变漂亮之后，很多事都随之改变了。

于是，这段关系竟然奇迹般地扭转了上下位，表姐从总是仰视的那一方，终于变成了俯视的一方。

这次他们没有确定关系，只是在暧昧中前行。两个人还是会去约会，但是不会牵手了。老杨也总是去表姐合租的房子里帮忙干家务，但不是以男朋友的身份。

有一天，整座城市下起了暴雨，正好表姐的室友都不在家，于是表姐就把老杨叫了过来。两人伴随着暴雨，整整谈了一夜。

表姐哭着说完了自己这些年的所有委屈与难过，老杨一直在说对不起。

最后，老杨问表姐，还愿意给他一次机会重新开始吗？

表姐说，如果第二天的下午六点她给他打电话，他们就重新开始。如果她没打，那他们以后再也不要联系了。最后，表姐没有打那通电话。

"纠缠了这么多年，我太了解他的本性了，即使他现在对我上心，过几天也许又冷淡了。以前读书的时候，喜欢一个人很纯粹，不会想别的东西。可我已经毕业了，现在我也会考虑，这个人适不适合结婚，很遗憾，他不适合。"

表姐告诉我，老杨在她的生命里，已经留下了深刻的烙印，这个是无论如何都抹不去的。

这些年来，他俩不断地纠缠再分开，已经把她的力气全部耗尽。这个时候，姐夫出现了，全心全意地对她好，而且不会让她费心思，这对她来说，是最需要的。

因此有的时候，人的出场顺序真的很重要，陪你喝醉的人是不能送你回家的；跟你不断纠缠让你痛苦的那个人，是不能陪你到老的。

♀ 青春期，
我们都喜欢过不可能的人

大黄不是一只狗。

大黄是我的初中同学，眼睛很小很小。胆子也小，在初一开学没几天，就奠定了他是众多男生小弟的命运。当然了，大黄成绩也不好，但是为人热情活泼，幽默搞笑。

大黄的老大是我的发小，一个有点帅的胖子，因为家里还算富裕，再加上比较霸道，便拉帮结伙，凑了一堆狐朋狗友，还取了个组合名字，叫作 CK。没错，就是那个时装品牌名。

大黄总是帮他们跑腿，背逃课或者打架的黑锅。按理说这种地位的人会胆小懦弱，畏畏缩缩。但是大黄没有，他还是每天都龇着牙，调戏女同学，和老师贫嘴。

对了，大黄本名不叫大黄，他姓李，不太熟的人就叫他李大黄。以至于有新朋友以为那就是他的名字，还跑来问我们，为什么大黄的父母给他取名这么随意。

大黄这个外号，是有缘由的。在我们读初二的时候，有一天，大黄被一群初一的小学弟堵在厕所里揍了一顿，原因大概是他们认为大黄这种跟在大哥后面的小弟没资格作威作福。具体被打的原因我也不知道，但我知道大黄是偶尔行为高调，这只是他的生活方式而已。

大黄鼻青脸肿地回来找小卢（就是我的发小），小卢看到他的伤势很生气，就像自己的狗被别人踹了一脚一样。

于是他召集 CK 成员，把那群小学弟也堵在厕所揍了一顿，在打斗结束的时候，小卢像电影里的黑帮老大一样回头说，打狗也要看主人。或许是因为"大黄"这个名字比较适合他土黄色的肤色，又或许是因为只有土狗才会叫"大黄"，总之，他就从此有了这个名字。

大黄的家境和我们大多数人一样，是普通家庭。可是他妈妈对他很严格，在 2011 年的时候居然每个月只给他 20 元零花钱！更可怕的是，大黄居然还能攒下私房钱！

大黄攒钱的办法有很多种。

比如不买水，多渴都不会买，每天中午和晚上回家他都会抱着水桶"牛饮"。

比如收废品，与其说是收还不如说是要，并且我们不要的纸和瓶子都很多，与其扔掉还不如给他。在这方面，我一直小心翼翼，我害怕因为我给他废品的态度不好会让他自卑。每当看到同学把瓶子扔给他时，我的心都会揪一下；每当我同桌把纸丢给他时，我都会提醒她注意态度。

因为钱不多，所以他当然也不大方，平时从他手里是要不出一点东西的。

有一次，我们班主任过生日，班长为了让大家表示出对班主任的敬意，提出了收每人二十元钱买生日礼物的想法，一时间班级里好多人唉声叹气，还有几个打死不交。可是大黄二话不说，痛快地交了钱。我们都很惊讶，过了很久才知道，那是他自己攒的，攒了一个月。

大黄做小弟做了整整三年，在考高中时，他战战兢兢地问小卢："你学理科吧？"小卢给予肯定回答，大黄乐不可支，"我就知道，我学文科！"

开学的时候，就在他以为自己摆脱了小卢的魔爪，终于可以自成一派开始大装特装的时候，小卢出现了，并且再次和他在同一个班。后来听小卢说，当时大黄看到他的时候，脸都是灰色的。

大黄当然也是有爱情的。他的爱情和我们大多数人一样，生在青春里，也死在青春里。

大黄一直喜欢和我从小一起长大的女生，到现在也还喜欢。他的眼光其实还不错，那个姑娘符合大多数青春期男生的审美标准：一米七五的模特身高，相貌有些像章子怡，性格比起我们这些大大咧咧的女生来说，当然算是文静。

高中三年，大黄一直用自己独特的方式对那姑娘好。每天一杯豆浆，两个包子，一开始是只给她，后来他头脑不知怎么开窍了，也给那姑娘两个好朋友送。

在送了很久之后，我才知道这件事。记得我当时骂他重色轻友，还质问他，为什么就不能给我带一份，他当然没有理会我的质问，也当然没给我带一份。

你以为大黄只是送早餐那就错了，他知道那姑娘喜欢看小说，于是买了很多，一本一本地借给那姑娘；大黄他们班每次集体包饺子，他都会死皮赖脸地打包一盒，给那姑娘送去；那姑娘住校，每次放月假，不论冬天的早上多冷，大黄都会骑着自行车来接她回家。

这样的讨好，只要不是盲人，谁都能看出来，何况那姑娘也不傻。但是那姑娘从来也没给过表示，就像大黄从未表白过一样。

我也去打探过那姑娘口风，在她把桌子里积攒好几天的豆浆扔进垃圾桶时，在她拿着小说抱怨不好看时，在她和别人谈恋爱却依然指使大黄为她当牛做马时。可她从未给过我正面回答，无论我是挖苦还是质问，她都是一脸的理所当然。

后来我才发现，那姑娘并不是只和大黄打太极，她对其他爱慕她的男生也都一样，她"晾"着他们，时不时给个回馈，让他们甘愿为她肝脑涂地，无怨无悔。

其实大黄心里也清楚明白，他和那姑娘是不可能的。可是爱情这种东西，谁又能有个准头，不被爱情牵着鼻子走呢。

高中毕业后，我们一群朋友聚会，在KTV里玩转盘，十来个人，都三三两两拉帮结派，只有大黄孤军奋战。在大冒险游戏中，我们怂恿他给那姑娘打电话告白，不然就连喝三杯，在谁都以为他会选择喝酒的时候，他拿起了电话，认真地拨了过去。

霎时间，所有人面面相觑，都屏住呼吸。一声，两声，三声，在响第四声的时候，对方终于接电话了。

"喂？有事吗？"

"没事，那个那个，你在家啊？"

"嗯。"

"那个那个，我想说，那个……"

"什么啊？"

"我我，我……我喜欢你。"

长久的寂静，大家能听见房间里的呼吸声，以及不怀好意的窃笑。

"你喝多了吧？"

"没有，你没有什么想说的吗？"

"没有。"

"哦，那我挂了。"

接下来是一堆人的哄笑和觥筹交错的欢愉。我很久之后还能想起，大黄当时的表情，像是大梦初醒。

后来，大黄去了湖南，还答应回来给我们带十斤小龙虾。那姑娘去了一个三线城市，还和之前的男朋友和好了。我不知道他和那姑娘还有没有联系，就像我不知道，那晚我们喝完酒回家后他有没有哭一样。

后来我问过大黄，还喜欢那个姑娘吗？他回答我说，不重要了，都过去了。

希望是真的过去了。毕竟在青春期里，谁都喜欢过不可能的人。

♀ 越喜欢你，
越不敢联系你

你的微信列表里有没有一个你永远不会联系的人？

他是你心口的朱砂痣，床前的白月光，是你日复一日的朝思暮想。你特别喜欢他，你知道他所有的喜好与习惯，你幻想过无数次跟他走进婚姻殿堂的场景，甚至你还想过和他共度余生，坐着摇椅慢慢摇，但是你就是不敢联系他。

我有，是我的前任。

我至今也不明白为什么我们会分手，明明我每天起床的第一件事就是爱他，明明我每天都有说不完的话要跟他说，明明我什么都没做错，可是他还是说了分手，语气坚决。

有时候会觉得纳闷，为什么相爱的时候要两个人都同意，分手却可以由一个人单方面决定？

起初的时候，我还不敢相信这个事实，我以为他是在开玩笑，或者只是一时的气话，于是我假装没看见他要分手的消息，还是每天跟他说早安，去找他一起吃饭，故意不去看他脸上的不耐烦。直到有一天他跟我说：

你这样纠缠着不放，只会让我更讨厌你。

他的表情，让我感到陌生。以前在一起的时候，他从来没跟我说过重话，有一次我们吵得很凶，我用尽了我这辈子最恶毒的语言，说了很多的狠话，露出了我最丑恶的嘴脸。可是即使我那么无理取闹，自始至终，他的脸上都没有出现过不悦，更别提说我的不是了。

可是现在的他，面对我的时候，冷冰冰的像是一座冰山，无论我怎么热情，都无法融化他。

我以为他的绝情是突如其来，其实不是的，这场分手是蓄谋已久。那时候我才明白，一个人要是不爱你了，无论你做什么，感动的都只是你自己。

他没有装聋，他真没感动。

从那之后，我再也没有联系过他，虽然我每天查看他的朋友圈几十次，点开他的对话框上百次，但是我努力忍住了，我把想对他说的话全都发给了自己。我告诉自己：

他已经不喜欢你了，别让他再讨厌你。

"我有时候会觉得，我和他是两条平行线，永远都不会有交集。"伍月说这句话的时候，眼神明显黯淡了下来。我侧头看着她，只见她那双黯然的眼睛里已泛着泪光。

伍月喜欢了一个男同事两年，两年时间里，男生换了两个女朋友。每次男生分手的时候，都是伍月的狂欢日，她会疯狂地买衣服买化妆品，开心地筹备自己的"勾引"计划。可是说出来你也许不信，她从未跟那个男生聊过天，除了必要的工作往来之外，他们毫无交集。

所有的朋友都知道伍月这场盛大的暗恋，但是却很少有人懂伍月的懦弱。因为大家毕竟都是成年人了，那种只在背后偷偷摸摸地喜欢一个人的事，只在学生时代尝试就行了。成年人的世界时间宝贵，喜欢一个人必须快速出击，成功当然好，失败就赶紧撤离。

可是对于伍月来说，男生太完美了：海外归来，年轻有为，相貌端正。这么一个类似于电视剧里的人物，活生生地摆在眼前，是个女孩都会自卑的吧？

"等我变得更好，我就联系他。"这句话成了伍月的口头禅。可是究竟什么样才是更好呢？是升职加薪？是变美？还是锻炼身材？伍月不清楚，所以索性就全部都在努力。

后来伍月和男生的业务往来越来越多，偶尔一群人聚会的时候也开始答话，慢慢地相互熟络起来了。

有一天伍月跟我说，她开始"撩"男生了，并且进展很顺利，估计很快就能成功了。她的语气轻松得就好像在跟我商量晚饭要吃什么一样，要知道以前只要提到男生的名字，她都会紧张。我有些意外，昔日的"小怂包"怎么突然勇敢起来了？

没想到伍月跟我说："接触之后，我发现他没有我想的那么好，或许是这两年我喜欢的是我想象的那个他，事实证明我没有那么喜欢他，所以就不怕啦，想'撩'就'撩'呗。"

前几天，我一个男性朋友跟我说，他和他的女朋友分手了，当时我的震惊程度不亚于八级地震。要知道，他和他女朋友可是当时学校里公认的俊男靓女。当时女生成绩不好，打算高中毕业就出去工作，他成绩还可以，考上普通的本科是没问题的。可是他居然为了能和他女朋友在一起，放弃了高考。

所谓的轰轰烈烈，也不过如此。一直以来，我都觉得他们一定会结婚，幸福一辈子。可是现在连他都分手了。

我有些唏嘘，发了一句诗给他：曾经沧海难为水，除却巫山不是云。过了很久，他才回复我。他说他还是喜欢她，但是却不能和她在一起了，因为自己一穷二白的，不知道还要奋斗多少年才能让姑娘过上好日子，所以就干脆别浪费她的青春了。

我问他，万一她愿意和你吃苦呢？他说，可是他不想让她吃苦，爱一个人，不就是应该让她幸福吗？

"你知道吗，每当夜深人静的时候，我都想给她打电话，有好几次我都差点按了拨通键，但是我忍住了。我不能联系她，我要让她把我忘得干干净净的，好去爱别人。"

我看到他发来的这段话的时候，眼睛很酸。到底是有多爱一个人，才会为了她的幸福而放手。这天底下的爱情，五花八门，但是本质都是一样的：就是为了你爱的那个人好，为了他，你可以忍受出租屋的狭小，可以忍受大城市的孤独，可以忍受每日的油烟，但是如果他离开你会比较幸福，我相信你一定不会联系他。

不是因为你不喜欢他了，而是因为你太喜欢他了。所以只要他过得幸福，你愿意永远不联系他。

每个人喜欢人的方式都不同，有一种喜欢是你永远不会知道，我不联系你的原因是我喜欢你。有时候，我甚至想，要是能少喜欢你一点就好了，我就不会那么在意你的感受，那样的话，我是不是会比较好过一点？

Part 3

**一念放下，
清醒自持**

♀ 我不会再傻傻地
喜欢你了

你一定傻傻地喜欢过一个人吧。

他是你只要提起就会嘴角上扬的名字，也是你藏在心底却掩饰不了的心事，更是你心口的朱砂痣，你为了他做了无数的傻事。

你曾为了他的一句"晚安"，痴痴地等了一整夜；也曾按照他的喜好，改变自己的穿搭；你会为了他的生日，早早准备惊喜；也会为了他不经意的一句话伤心不已；他高兴你就跟着敞亮，他难过你就跟着自责。

你喜欢他胜过喜欢自己，比起自己的喜怒哀乐，你更在意他的一举一动。

你愿意为了他变得平凡，洗手做羹汤，为他点亮家中的灯。

你想过跟他生活一辈子，生几个孩子，住什么样的房子，甚至在他老得不能动的时候，你也愿意推着轮椅带他去遛弯。

你喜欢他喜欢得毫无章法，恨不得把自己掏空，可是他却毫不珍惜你的情意，甚至觉得你是负担和累赘。

后来你累了，你再也不会傻傻地喜欢谁了。

谁都有为某个人犯傻的时刻，那是种没被伤害过的愚勇。

喜碧前几年是大家公认的傻女孩。

那时候她和一个比自己小两岁的男孩在一起，男孩正在念大三，而喜碧已经开始工作了。喜碧有多傻呢？男孩跟她要球鞋和键盘，她二话不说就花光了自己全部的工资，然后男孩乐呵呵地跑回学校炫耀，她却吃了一个月的面条和榨菜。

男孩爱玩游戏，总是和朋友在网吧玩通宵。有一次给喜碧打电话说自己通宵完很累想吃早餐，喜碧起了个大早给他熬粥，可是拿到学校去找他的时候，却发现他和朋友已经吃过了。喜碧不仅没生气，还跟男孩道歉说是自己的粥熬慢了。

那时候的喜碧，每个月省吃俭用，不化妆也不买衣服，将节省下来的钱全部请男孩吃饭和给他买礼物。她以为自己的付出，男孩会看在眼里，没想到男孩却用她的钱给别的女孩买玫瑰。

要不是亲眼看见，喜碧怎么也不会相信，自己痴痴地喜欢的那个人，竟然拿"刀子"捅自己的心。

喜碧和那个男孩分手之后，男孩曾经跑来恳求喜碧想要和好，可是喜碧却怎么也不肯再给他一次机会。

后来喜碧跟我说，她虽然曾经傻傻地爱过他，但是她却不是真的傻子。一个不肯珍惜自己的人，是不值得她再去为他犯傻的。

微博上经常有男孩抱怨自己的女朋友绝情，说明明当初为他做过那么多傻事，现在却能说不爱就不爱了。我每次看到这些都会觉得好笑，可能他们永远都不懂，女孩在不爱你之前，经历了多少失望，流了多少眼泪。

没有谁的离开是没有原因的，真正要走的人，不会歇斯底里，但也绝对不会再回头爱你。

不知道你们是否发现，越来越多的女孩开始懂得爱自己，开始懂得克制，克制食量，克制情绪，也克制爱人。她们不会再因为男孩的一句承诺而傻笑半天，也不会为了和男孩约会推开所有的日程，就算是最甜蜜的热恋期，她们也会先拿出三分爱意爱自己。

没有谁一开始就懂得防备，大家只不过是不想再重蹈覆辙。

每个女孩都曾经傻傻地喜欢过人，她们天真赤诚，给予满分的爱还觉不够，她们的喜欢毫无城府，甚至还带着稚嫩和傻气，认为爱你就有为你付出一切的勇气。可是大多数女孩却把这份傻气送错了人，新鲜的爱就这样被人随意地扔在地上蒙上了灰尘。

没有谁真的是傻子。我可以掏出真心双手赠你，但你不能一边嫌它腥一边又不让我收回。毕竟真心就只有一颗，你若不要，我就不会再给了。

♀ 爱是一点一点积攒来的，
　 不爱也是

　　这世上没有谁的分手是突如其来的海啸，所有的分手都是一场有预谋的火山喷发。当失望累积到顶点，难过攒满心脏，在矛盾爆发的那一瞬间，爱情就会"咻"的一声消失得无影无踪。

　　陈奕迅有首歌叫作《积木》，里面有句歌词是：先是沉默长了，后来吻也停了，就慢慢一边爱一边哭着。

　　这大概是所有人分手的缩影，两个人从每日黏在一起到一个床头一个床尾，这中间可能隔着几次的争吵，几十次的沉默，几百次的失望。

　　久而久之，爱情就像一个沙漏，每天漏一点，早晚会有枯竭的那天。

柠檬和男朋友在一起四年了，他们俩并肩走过了整个大学时期，见过彼此最青春的样子，也看到了彼此一点点地成熟。四年里，俩人几乎是形影不离，所有人都笃定这一对一定会走进婚姻殿堂，然而前几天柠檬告诉我，他们分手了。

起初，我还以为只是小情侣吵架闹着玩，早晚会和好的，可是柠檬却告诉我，他们已经互相拉黑了，并且约好不会同时参加同学聚会。

这么绝的分手，是不可能和好了吧。

我很为柠檬可惜，毕竟她和男朋友在一起了整整四年的时间，两个人几乎成为亲人，一下子决裂，不会后悔吗？

柠檬说，其实她很早之前就想分手了，只是一直觉得在一起那么久了分了可惜，所以就一直忍着，可是这样却使她越来越反感这段恋情，到最后已经到了厌恶的程度。

这就好比一罐刚打开的可乐，起初气泡饱满，甜度也刚好，但是随着时间的推移，气泡消失，只剩下发腻的甜，连一口都不想再喝。

不同的是，可乐的变味只需要时间的推移，而爱情的变质却是因为有更多人为的阻力。

　　大学毕业后，柠檬和男朋友第一次产生了分歧，柠檬想留在家乡，她男朋友想去北京发展。两个人僵持了几天，最后柠檬选择了退步，陪男朋友一起去了北京。

　　两个人在不同的公司工作，每天只能匆匆在家里见一面，一天说的话加起来都不超过十句。

　　好不容易赶上周末，柠檬想要拉着他出去走走，他却说自己太累了。

　　北京的压力很大，男朋友为了升职拼尽全力，家务事统统交给柠檬做，小到买菜做饭，大到修理电器，他像是他们共同房子里的租客，每天只负责回来睡觉。不仅如此，脾气也变得越来越差。

　　有一次，男朋友加班回来，因为柠檬忘了给他准备夜宵，竟然大发脾气，最后摔门而去。他从来没问过一句柠檬的工作忙不忙，所以他不会知道柠檬忘了给他做夜宵，是因为在赶着做公司的报表。

　　最让柠檬心寒的是，他居然忘记了柠檬的生日，并且是在柠檬提前提醒过后，仍然忘记。

　　像是将失望攒到了临界点，柠檬幡然醒悟，她对这个男人所有的爱，都在他日复一日的冷漠中，消耗殆尽，再也不能复燃。

爱情像一辆双人脚踏车，也像两人三足的游戏，需要共同配合才能走过人生的长河。爱是在你情我愿的你来我往间，一点一点升温的。

你给我一个拥抱，我就用力地回抱你。你给我一个亲吻，我就用力地回吻你。可是当我给了你一个又一个的拥抱，一个又一个的亲吻，都没有得到回应时，我的心就会慢慢冷下来。请你记住，并不是我无情，而是你无意。

没有谁会轻易说分手，每一个脱口而出的分手，背后都隐藏着一个巨大的且不会愈合的伤口。

爱是一点一点积攒来的，不爱也是。每一个小细节，都是爱情城堡中的顶梁柱，缺一不可。所以，当微信消息不再秒回，见面次数越来越少，矛盾争吵频繁发生的时候，这栋爱情城堡就会面临着倒塌的危险。

爱是一蔬一饭，是生活中看不见的小琐碎，只有懂得经营细节的人，才会永葆爱情的青春。

♀ 你无法叫醒一个
不爱你的人

我曾经看到过一个问题：这世界上最幸福的事是什么？答案五花八门，但有一个正中我心。

"你爱的人刚好也爱你。"

没有体会到爱而不得的人，人生是不完整的，但是我情愿要这份不完整。因为还有什么比爱上一个不爱自己的人更痛苦的事情呢？

单恋这两个字，看上去就让人心酸。要是切身体会，就更像是嚼食了新鲜的柠檬，从嘴巴一直酸到心里。

喜欢一个人，就像咳嗽一样，是隐藏不了的。捂住嘴巴，它还是会从眼睛里溢出来，闭上眼睛也会从耳根的粉红暴露出来。

因而，这世上最容易看出来的，就是一个女生的心思。
她喜不喜欢你，一眼便知。

蝴蝶小姐喜欢上了豹子先生。契机是一瓶矿泉水。

那是个盛夏的夜晚，蝴蝶小姐正和一群朋友在大排档吃
烤串。夏天的夜晚，没有比喝着冰镇啤酒撸着串儿更爽的事
了，然而蝴蝶小姐却因为嗓子发炎不能参与。串儿可以吃不
辣的，可是啤酒不能喝呀。有朋友帮她点了瓶啤酒，她喝了
一口后，嗓子更是黏得发紧。

街角有一家小超市，蝴蝶小姐起身准备去买一瓶矿泉水。
矿泉水无非就那几个品牌，蝴蝶小姐想来想去最终拿了瓶
怡宝。

蝴蝶小姐有一个习惯，就是喜欢把矿泉水瓶外面的包装
撕掉，然后系在瓶口。虽然有无数人吐槽过这样很丑，但是
蝴蝶小姐就是喜欢这么做，没缘由的喜欢。

出超市门口的时候，蝴蝶小姐看见一个男生正坐在大排
档的椅子上仰脖喝矿泉水，矿泉水也是怡宝牌的，包装被撕
掉了系在瓶口。随着男生的喉结上下移动，她能听见男生喝
水时咕噜咕噜的声音。

那是蝴蝶小姐和豹子先生的初次相遇，蝴蝶小姐对豹子先生一见钟情。没有什么原因，这跟网上流传的那段话是一个道理：喜欢一个男生没有什么道理可寻，可能就是那天阳光正好，而他穿了一件白衬衫。蝴蝶小姐也是一样，毕竟能遇见和她有一样习惯的人，实属不易。

蝴蝶小姐回到朋友身边之后，变得躁动不安。她太想去要豹子先生的联系方式了，可是她太怂。怎么办呢？蝴蝶小姐想到了一个妙计。她拿起啤酒开始怂恿朋友们玩真心话大冒险："哎呀，不喝酒能有什么意思啊？我今天豁出去了！"

朋友们单纯地以为蝴蝶小姐是怕扫了他们的兴，他们哪知道她是醉翁之意不在酒。一个人要想赢不容易，要想输就太容易了。蝴蝶小姐在连干五杯酒之后选择了大冒险，还没等朋友说大冒险的内容，她就自己冲到豹子先生面前醉醺醺地问："嘿，小子，你有女朋友吗？"豹子先生的朋友们大声起哄，弄得他的脸有些红。见他摇了摇头，蝴蝶小姐高兴地转了一个圈，然后假装提起裙摆，踮着脚，向豹子先生行了一个礼说："那现在你有了。请把你的联系方式告诉你的女朋友吧！"

　　在后来的日子里，无论谁提起这件事，蝴蝶小姐都装傻说，自己喝醉了，不知道干了什么。她不知道的是，她的"撩汉"方式，被多少朋友发到了朋友圈竞相膜拜。

　　可是无论那晚的蝴蝶小姐多么可爱迷人，尽管她要到了豹子先生的联系方式，最终她还是没有和豹子先生在一起。

　　这也是蝴蝶小姐不愿意面对那晚的原因。

　　从小，我们就被父母教育说，要好好努力。努力学习，我们的成绩会提高；努力工作，我们会升职加薪；努力锻炼，我们会吃嘛嘛香，身体倍儿棒。但是唯独一件事，是怎么努力都不会成功的。那就是努力爱一个不爱你的人。

　　和"你无法叫醒一个装睡的人"的道理相同，不爱你的人就是不爱你。

　　蝴蝶小姐不是没有尝试过努力的，她添加了豹子先生所有的朋友为好友，打听了关于豹子先生从小到大的所有事迹和喜好。可是豹子先生却很生气，他说她这么做只会引起他的反感。

　　是自己不够漂亮吗？蝴蝶小姐扔掉了所有的长裙，开始尝试豹子先生喜欢的穿衣风格。高跟鞋真难穿啊，蝴蝶小姐的脚后跟全是水泡，可是她捅破了水泡、粘了创可贴之后，又把脚伸进了高跟鞋里。她烫了头发，还买了大红色的口红，在练习了一个星期穿高跟鞋后，她终于鼓起勇气跑到豹子先生面前转了个圈，可是豹子先生没有夸奖她，而是说出了她一堆的不足。

走路摇晃，粉底没擦匀，口红涂太深……蝴蝶小姐站在豹子先生的面前，像一个等待教导主任批评的少女。

怎么会不喜欢我呢？这句话变成了蝴蝶小姐的口头禅。在蝴蝶小姐没遇见豹子先生之前的人生里，她一直是被人捧在手心里的小仙女。别说是批评了，从小到大，没有一个人跟她说过一句重话。

可是这一切在遇见豹子先生之后，就什么都变了。豹子先生从来不会主动找她，微信也不常回复，打电话又有一百个理由挂掉。蝴蝶小姐不知道该拿他怎么办，她已经使出了浑身解数，可还是不行。

可是电视剧里不是这么演的啊，毕竟袁湘琴也是追了江直树五年才成功，说不定再坚持一下就会看到希望呢？抱着这种想法，蝴蝶小姐给豹子先生买了一份情人节礼物。

情人节当天，蝴蝶小姐在一群朋友的鼓舞下，去了豹子先生的公司。在前台说出豹子先生的名字的时候，蝴蝶小姐有那么一瞬间恍惚，好像豹子先生真是她的男朋友。

可是这个幻觉很快就消失了，因为她看到了豹子先生铁青的脸。豹子先生甚至都没给蝴蝶小姐说话的机会，就把她拖走了，好像认识她是一件很丢脸的事。

在电梯里，豹子先生很严肃地告诉蝴蝶小姐，他不爱她，无论她怎么做，他都不爱。甚至她的坚持在他眼里，都变得讨厌。

蝴蝶小姐忍住了哭泣，她点了点头说："打扰你了，以后不会了。"

从那之后，蝴蝶小姐再也不能听陈小春的《我爱的人》，她说每次听见，她的心都会像嚼食了新鲜的柠檬一样，酸得难受，从心里一直酸到泪腺。

♀ 他不是情商低，
  他只是不爱你

　　我有一个好姐妹，名叫老虎，人如其名，是个纯粹的
"女汉子"。她可以徒手拎着两桶水一口气上五楼，这还不
算什么，最让人惊叹的是，她和我们班最壮的男生比赛掰
手腕，赢得了压倒性的胜利。于是男生叫她"虎姐"，女生
喊她"老虎"。

　　老虎的性格特别有男子气概，平常宿舍里的卫生都是由
她打扫，热水也是由她来拎，谁要是和男朋友吵架了，她还
会帮忙出头，简直充当了我们的家长。我们也很喜欢这位爱
照顾人的大姐姐，还经常怂恿她找男朋友。不过每次一提到
"男朋友"这三个字，老虎就岔开话题，一脸的不自然。渐渐
地，我们有些反应过来，或许老虎是个 T ？于是在某天深夜

的卧床谈心中，我们大方地跟老虎说："不要怕，喜欢女孩子又怎么了，我们不会看不起你的！"结果遭到了老虎的毒打。我们摸着被打的屁股，一脸委屈："既然你喜欢男孩子，为什么我们一提帮你找男朋友，你就岔开话题啊？"

老虎害羞地低下头，磨叽半天挤出一句："人家害羞嘛。"把我们恶心得都快吐了。

看来无论在什么样的女孩子的心中，都住着一位粉色的公主啊。

其实老虎长相不差，就是太不修边幅了。我们准备给老虎量身打造一个变身计划，让她脱离"女汉子"的队伍，加入到女生的队伍中来。

首先就是给老虎改变发型。她的发质不错，可是常年不修剪，把自己的脑袋弄得像一棵杂乱无章的树。我们带她去做了离子烫，还给她的头发做了营养。顺便带她去了美容院，给她做了美容，化了淡妆。最重要的是，我们把她过去的那些工装裤全扔了，带她买了她人生中的第一条裙子。

万事俱备，只欠东风。老虎的男朋友应该找谁呢？老虎再一次低下头，支吾半天说出了个人名，原来是我们班的书生。真是应了那句话呀，缺啥补啥，如果说老虎是女生中的男人，那书生就是男生中的女人了吧。倒不是说他"娘"，而是他做事情过于细腻，很多女生都自愧不如。

既然已经有人选了，那就进攻啊！

果不其然，第二天当老虎出现在公众视线里的时候，众人惊得下巴都快掉下来了。经过一番收拾，老虎也算得上清秀。

老虎一屁股坐在了书生旁边，然后很认真地问书生："我美吗？"书生的脸一点点地变红，他低着头不肯说一句话。老虎没有泄气，而是更加大胆地问了句："那你做我男朋友吧？不说话就代表默认了哦。"

于是，稀里糊涂地，老虎就和书生在一起了。尽管两个人走在一起的画面让人看着觉得别扭。

老虎谈恋爱之后，就变得更加女性化了。时不时地，也能看见老虎的大头靠在书生弱不禁风的肩上的画面，但是老虎却总是跟我们抱怨书生不解风情。

按理说，书生那么细腻的人，应该最懂女人心思才对呀。可是老虎说才不是这样，书生和她简直连共同语言都没有。

平时约会的时候，两个人总是去吃饭，就连看次电影都是老虎求着书生去，书生才勉强答应。两个人的相处模式也不怎么像情侣，总是老虎问一句书生答一句。好不容易等到情人节，老虎暗示了几百次让书生送一束玫瑰给她，书生也没送。

"哎呀，我明白了，书生不是不解风情，而是情商低罢了。"室友对老虎说，"现在有几个男生情商不低啊？你就知足吧，情商低总比滥情好啊。"

经过室友这么一安慰，老虎也看清了："对呀，情商低，我可以教他嘛，没什么大不了。"

可是老虎不知道，有些男生是真的情商低，而有些男生其实不是情商低，他只是不爱你。

老虎很快就明白了这个道理。因为无论她怎么教书生，甚至最后已经明确告诉书生应该怎么做了，书生也没有按照她说的做。

后知后觉的老虎问了句："你是不是不喜欢我呀？"书生再次沉默了。也许这次沉默才是默认，老虎告白的那次沉默，只是不想伤害老虎吧。

老虎失恋了，她说这段恋爱教会了她很多，至少她不再是那个莽撞的假小子了。其实这样也好，失恋教会人成长嘛。

其实很多女生都揣着明白装糊涂，她们的男朋友是真的情商低吗？或许并不是。

豆腐的男朋友竹竿也是出了名的情商低，无论豆腐是痛经还是感冒，竹竿永远都是那一句："多喝热水。"这还不算什么，竹竿还不会说话，第一次到豆腐家见豆腐父母的时候，还说了句："我看叔叔有些显老啊，要不我给叔叔买点补品吧？"

这算情商低吗？这简直是情商低的鼻祖了吧。但是豆腐和竹竿谈了三年的恋爱，最近还在商量结婚的事。你以为是豆腐傻吗？不是的，竹竿虽然情商低，但是对豆腐是真的好。谈恋爱三年，竹竿从没让豆腐做过一顿饭，豆腐前年生病做手术，竹竿守在床头几天几夜没合眼。而且他是真的把豆腐以及豆腐的父母放在心上了，那次见完豆腐的父母后，竹竿立刻去买了一堆的补品给豆腐父母送去。

所以说，没有女生是傻子，一个男生是真的情商低，还是不爱你，日久就知道了。

其实我很讨厌有些人总是拿情商低做幌子，来掩饰自己的不专心。我们女生所讨厌的也不是男生的情商低，而是他的不在乎。毕竟情商低还可以补救，不爱我，我还要你干什么呢？

♀ 别为不喜欢你的人
熬夜了

朱莉是我认识的所有人中，活得最健康的那一个。

平时大家一起出去玩，无论有多尽兴，只要到晚上十点，朱莉一定会提前离席，因为十一点之前她必须要卸妆洗脸护肤，然后戴上眼罩睡觉。

我曾经问过朱莉："你难道不想和别人一样享受一下灯红酒绿的夜生活吗？难道不想品尝一下人间烟火一般的消夜吗？难道不想看一眼晚上十一点之后的世界吗？"她斩钉截铁地摇了摇头说："没什么值得我熬夜的。"

本以为朱莉会早睡一辈子的，没想到某天凌晨我却破天荒地刷到了朱莉的朋友圈，还没来得及问她是不是蹦迪去了，她就一连给我发了十来条信息，每一条都带着好几个开心的感叹号。

原来朱莉喜欢上了一个男生，但是男生只有晚上才有时间和她聊天。

陷入爱情的女生是最傻的，她宁可放弃自己珍惜的睡眠和脆弱的容颜，也要强打着精神回复喜欢的男生。朱莉就是这样。

不经常熬夜的朱莉到了晚上十二点时眼皮就会打架，但是往往这个时候男生聊天的兴致却正好，所以为了不让男生扫兴，朱莉总是会喝一整杯的黑咖啡来提神。这样朱莉就可以一直陪着男生，直到他说晚安的那一刻。

朱莉终于见过了晚上十一点后的世界，那是一个很困却因为咖啡因而失眠、只能一遍一遍回味消息记录的世界，对于朱莉来说，既疲惫又甜蜜。

朱莉是打算为男生熬一辈子的夜的，但是男生却没给她机会。

不知从什么时候开始，男生找朱莉聊天的次数越来越少，回复的时间也越来越长，有时候朱莉晚上十点发的消息，男生要到凌晨两点才回复。

等待的时候，朱莉会把手机的音量调到最大，然后假装不经意地刷刷朋友圈，看看电视剧。

很多个夜里，朱莉都是抱着手机睡的，哪怕最后吵醒她的是无关痛痒的新闻提示音，或只是他敷衍的一个"哦"字。

朱莉是什么时候知道男生不喜欢自己的呢？大概是有一天她等男生的回复等了一整晚，到最后却发现男生在朋友圈给别的女生的照片点了赞吧。

直到那一刻朱莉才明白，自己并不是他必不可少的聊天对象，而只是他无聊时嚼的花生米罢了。

而自己为他熬过的夜，也全都变成了没笑出口的笑话。

很多女孩子都和朱莉一样傻，为了一句晚安能熬一整夜，可是到最后除了脱发、爆痘、浮肿和黑眼圈之外，什么都没剩下。

也许脸上的创伤可以靠护肤品修复，可心里的难过却要消化很久。

起初熬的夜是带着粉色的欢喜，一字一句都变成心里的小秘密，而后来熬的夜却变得很漫长，流多少泪都熬不到天亮。

为什么熬了那么多的夜才发现他并不喜欢你呢？

总有人突然醒悟过来，但其实所有事情都早有端倪。

他不再找你，不再秒回你，对你忽冷忽热的时候，其实你就该明白了。没有人会舍得不搭理自己喜欢的人的。

凡事不一定非要探个究竟，刮奖的时候如果已经刮到"谢"字了，再刮下去还有意义吗？

别傻了，真正爱你的人，永远不会拉着你没完没了地聊天，而是在你还没有困意的时候就提醒你该睡觉了。

况且爱人之前应该先爱己，与其为了一个不确定未来会不会陪自己度过余生的人浪费青春和胶原蛋白，不如把自己的健康放在首位。

暧昧不一定非要在深夜，更何况爱情早晚都会来，并不会因为你熬夜了就来得早。

所以姑娘们还是不要为了不喜欢自己的人熬夜了，因为一旦感情化为乌有，所有熬过的夜都会变成心中敞开的伤口，很久都不会愈合。

而真正"酷"的人，从不在夜深谈爱情，更不会给自己熬夜找借口。

♀ "渣男"是天生的，
和钱没关系

我从小受到的教育观念就是女孩子要富养，虽然我家里并不富裕，但是从小到大我都是被宠大的。

其实很多家庭都舍不得女儿受苦，小薰家也是。听她说她小的时候，家里做生意失败了，父母一年都没买新衣服，但是她的所有东西还是和以前一样，吃穿住行都是用的最好的，就连一节两百元的钢琴课也一节没落。

小薰习惯了养尊处优，自然眼光也高。初中的时候有男生追她，给她买了一个冰激凌，她看了一眼说："我喜欢哈根达斯。"

现在小薰也总是跟我说，她特别感谢父母富养她，让她见过很多世面，才不至于被男人用几朵玫瑰就骗跑了。

　　经她这么一说，我倒是发现，我身边有很多女生，很轻易地就和一个男生谈恋爱。

　　阿风就是。她谈恋爱的门槛特别低，基本很少拒绝别人。记得有一次她过生日，有个男生送给她一个小蛋糕，差不多巴掌大的那种，她感动极了，发了很多条朋友圈。

　　后来她和那个男生在一起了。男生之后也没送过她什么礼物，有一次给她买了支纪梵希的口红，她高兴得一晚上没睡着觉。我们还挺吃惊，她男朋友怎么突然大方起来了，后来一打听，才知道那支口红是假的，就花了五十元钱。

　　我一直以为阿风的家庭状况不怎么好，直到有一天我看见她爸爸开着奥迪车来接她回家。

　　开奥迪车的家庭总不至于特别穷吧？可是阿风平时生活得特别简朴，衣服全都是在淘宝买的爆款，平常午饭连个荤菜都不舍得点，也从不参加聚会。

　　后来我没忍住就问了阿风，阿风说其实她每个月的生活费并不少，但是从小她的父母就教她要勤俭持家，不能浪费。所以她从来都不会乱花钱，总是省了又省，然后把存下的钱给父母。

　　最让我咋舌的是，从小到大，她的父母都没给她过过生日，不止如此，她家除了春节之外，什么节日都不过。因为她父母觉得浪费钱，也认为那些节日没意义。

这就不难理解阿风为什么会被一块巴掌大的蛋糕给"拐跑"了。

其实很多女生的拜金，都来自于家庭，这个原因分为两点，一点是穷，另一点是节省。

但是事情都是有例外的，菠萝就是这个例外。

菠萝是个典型的富二代，吃的用的都是我等普通人在杂志上才能看到的。起初，我一点也不想和这种娇娇女做朋友，因为本身就不是一个档次的人，更何况我受不了大小姐脾气。

可是接触下来才发现，菠萝是个超级好的人。她从来不跟我们炫富，也不故意搞特殊化，我们吃路边摊的时候，她也吃得很开心。

她的朋友圈一张炫富的照片也没有，平常除非我们开口问她东西的价钱，不然她绝对不会主动说。最重要的是，她特别大方，她的东西总是随便外借，从不担心会不会弄坏。

菠萝谈过两个男朋友，都是在聚会上认识的。可想而知，男生的家境肯定和她门当户对。

纸醉金迷的生活在菠萝眼里都变成了日常。我觉得两个有钱的人在一起，最大的好处应该是不会为了钱吵架。

的确，菠萝的前两段恋爱从来不会因为钱而撕破脸，但是其他的问题却一个不少。比如，劈腿和出轨。

这两个词在菠萝身上是有区别的，因为一个是已经和别的女生在一起了却没和菠萝分手，另一个是和别的女生暧昧不清被菠萝发现了。

"有钱的男生没一个好东西"，在经历了两段失败的感情后，菠萝得出了这句结论。

"下一个男朋友，我一定要找一个没钱的！"抱着这种信念，菠萝很快又谈恋爱了。毕竟有钱的公子难找，没钱的"屌丝"一抓一大把。

可是菠萝不知道，男人渣不渣和有没有钱一点关系都没有。

菠萝的新男朋友，是个品学兼优的"凤凰男"。听说，当初"凤凰男"追求菠萝时追求得十分认真，他还有句名言：我会给你最干净的恋爱。

什么叫"最干净"我不知道，或许就是一贫如洗吧。

反正他俩在一起后，菠萝的脸都黄了。吃惯了山珍海味的人，偶尔吃一顿麻辣烫会觉得是人间美味，但要是每天吃就会变得如同嚼蜡。

公主就是公主，就算你把她扔到大街上，她也还是公主。

在吃了一星期的小吃后，菠萝实在是受不了了，她扯着"凤凰男"进了一家西餐厅。本以为"凤凰男"会不适应，但是"凤凰男"一点都没露怯，刀叉的用法比菠萝还讲究。

菠萝非但没有不高兴，反而还很开心。因为她以后就不用顾及"凤凰男"的感受去吃路边摊了。

从那以后，菠萝又恢复了以前的生活，出入高级餐厅，买奢侈品。不仅如此，她还什么都给"凤凰男"带一份。大家看着"凤凰男"满身的名牌，总有种东施效颦的感觉。

"凤凰男"的朋友都说，"凤凰男"傍上富婆了。"凤凰男"也从来不在乎这些流言，反而向菠萝要钱的频率越来越高了。

一开始说是借，最后已经明摆着是要了。与其说他是菠萝的男朋友，不如说是菠萝的儿子。

可菠萝不怎么在乎，反正她有钱，一起花是应该的嘛。要不是被菠萝发现"凤凰男"打着她的旗号往上爬，估计到现在他俩还没分手。

是的，"凤凰男"自从和菠萝在一起后，整个朋友圈都提升了一个档次，他借机认识了很多土豪。因为很愿意和这些土豪做朋友，所以觍着脸往前凑。那些人多半是菠萝的朋友，碍于菠萝的情面，所以也一直强忍着不悦带着"凤凰男"一起玩。

有一次"凤凰男"喝多了，在酒吧里对另一个富二代女生示好，好像那个女生家里特别有钱，比菠萝家强多了。

这下子菠萝的朋友是真看不下去了，就把事情都告诉了她。

菠萝这才明白过来，"凤凰男"之所以跟她在一起，不过是因为菠萝有钱，可以帮他的前程铺路，甚至还可以成为他爬上更高楼层的阶梯。

菠萝立刻就把"凤凰男"甩了。和"凤凰男"的这段恋爱，让她终于明白了一个道理，男人渣不渣和有没有钱真是一点关系都没有。

♀ 分手就分手，
做什么好朋友

　　倩倩是我大学期间最要好的室友，毕业后又和我进入了同一家公司，我们还一起合租了一间公寓，可谓是亲密无间。

　　本以为我们会一直待在"单身狗"的阵营，结果她却背着我先"脱单"了，还是和我的直系领导——我的部门主管。

　　我不明白，倩倩每天都跟我在一起，她是什么时候偷偷把主管"勾引"到手的？不过这些都不重要了，重要的是她现在浑身都充满着恋爱的味道！让我难以靠近！

　　办公室恋情真是让人讨厌！倩倩每天随时都处于高度警备状态，头发要一丝不苟，口红要随时补，手里随时都拿着一面小镜子查看自己的仪表。最讨厌的就是，她一天要拿着报表进主管的办公室七八次，没人相信她是去汇报工作的。

开始的时候，倩倩还和我汇报她和主管的恋爱进展，去了哪里的餐厅，吃了什么料理，看了什么电影……其实我并不想听！她难道不知道这对单身的我是多大的伤害吗？最让人无法忍受的是她开始夜不归宿！她难道不知道我一个人待在家里有多不安全吗？

说了这么多，其实我最看不惯的是主管。听说他是个海归，能力也很强，但是口碑不好，光是在公司工作这几年，女友换得就比衣服还勤快。我担心他只是想玩弄倩倩的感情，毕竟刚毕业的大学生比较水灵，而且没有涉世经验，容易上当受骗。

我也曾旁敲侧击地提醒过倩倩，可是每次倩倩都拍着胸脯跟我保证主管是认真跟她谈恋爱的，甚至为了她都不单独和女性朋友吃饭了。既然倩倩这么相信他，我也没好意思再说主管的坏话。

后来，倩倩几乎就没回来过，不仅如此，她还把自己的衣服和化妆品都搬走了。她安慰我说："你别怕哈，房租我还照样交，偶尔我还是会回来住的！"她的语气就像是一个考上状元的学子在安慰他的糟糠之妻。

倩倩不在的日子里，我也渐渐习惯了自己一个人。在公司遇见倩倩的时候，她也确实比以前更明亮动人，一身的名牌，一点学生气都没有了。午休的时候，倩倩总会大方地请我去吃饭，说是主管给了她一张卡，让她尽管刷。

我问了句："你是为了主管的钱吗？"倩倩笑了笑说："我说不是的话你会相信吗？"看我点点头，倩倩笑了。

"我真的不是为了他的钱，但是我也不想装圣母一分钱都不花他的，谈恋爱计较太多会很累的。"

"那你现在累吗？"我问。

倩倩摇了摇头。

公司里，除了我并没有人知道倩倩和主管在一起了。毕竟办公室恋情和学生时代的恋情差不多，多半是见光死。不过，不公开也是有坏处的，那就是还会有一群女人对主管虎视眈眈。不过主管为了能让倩倩宽心，主动告诉了倩倩他的银行卡和手机的密码，倩倩也就不再多疑。

可是有一天半夜，我接到了倩倩的电话，她在电话里哭得喘不上气。她断断续续地跟我说她想回家，让我去接她。

我飞快地跑到主管的家，一进门就看见倩倩坐在门口，把头埋在腿里，身体不停地颤抖。看见我来，倩倩一下子抱住我号啕大哭。我问她"主管呢"，她不回答。

我把倩倩带回家时已经是下半夜两点了，倩倩的眼睛肿得像核桃。她说她撒谎了，在这段感情里，她其实特别累。但并不是因为主管身边总是有"蜜蜂蝴蝶"，而是因为主管的前女友。

主管有很多个前女友，多到倩倩十个手指都数不过来。其实倩倩不是那么在乎他的前女友，她看得很开，用她的话说，谁还没个过去式？可是让倩倩不能理解的是，主管有他所有前女友的微信，一个都没"拉黑"，甚至还为彼此的朋友圈点赞。面对倩倩的质问，主管觉得莫名其妙，他说他和她们早就分手了，现在是朋友。朋友之间，点个赞都不行吗？

这可是个世界难题：分手后要不要做朋友？

首先这个话题我觉得没有讨论的必要，两个曾经相爱的人，了解彼此所有的优点与缺点，牵着手承诺过未来，分手后能云淡风轻地退到朋友的位置上？简直是天方夜谭！

倩倩和我的观点一致，她虽然不像有些女人那样一提到前任就咬牙切齿，但是她在大街上偶遇前任都会装作是陌生人。

"就算不装陌生人，但是当作朋友还是有些太扯了吧。"倩倩冷笑。

其实若只是点赞之交，倩倩也不至于生这么大的气，最让倩倩崩溃的是，那些前女友总是找各种理由约主管见面，倩倩因为她们已经被放了很多次"鸽子"了。

其实谁都能看出来，那些前女友图谋不轨。但是主管总安慰倩倩说，自己现在什么都是倩倩的，还担心什么呢？倩倩有什么呢？银行卡？可是倩倩要的不是钱，而是主管的心啊。

两人之间的矛盾越来越深，相处的时候话也变得少了。倩倩不甘心，于是趁着主管洗澡的时候，偷偷地把他微信里的前女友都"拉黑"了。结果那天半夜，倩倩和主管正睡觉的时候，主管的手机响了。

是某一位前女友在质问主管为什么"拉黑"她，还说如果倩倩这点度量都没有的话，就不配做主管的女朋友。倩倩没忍住自己的暴脾气，一把将手机抢了过来，便开始大骂对方，没想到被主管打了一嘴巴。

这一嘴巴，打醒了倩倩这么多天以来的美梦。倩倩没哭也没闹，只是平静地提了分手。她说她的心在那一刻就死了。

倩倩平静地拿走了她在主管家的所有行李，平静地辞了职，好像从来也没发生过这段恋情。你以为这就结束了？那你可就猜错了。

倩倩还平静地从主管的银行卡里取走了二十万，作为那一巴掌的补偿金。

其实前女友这个话题，是很多情侣一拍两散的源头。平常偶尔提一嘴就差不多要了男同胞的命了，更何况还把前女友的联系方式留在微信里？这不就等于将定时炸弹安装在身上吗？

所以，基本上可以断定，你那吵着要和前女友当好朋友的现男友是一枚渣男无误，面对渣男该怎么做，不用我教你了吧？

♀ 为什么没人给你
过儿童节？

六一儿童节那天，我给我们公司的每一位员工都准备了一箱子零食。原本以为除了善良的我，没有人会送他们礼物，可是没到中午我就被"打脸了"，顺便还被喂了一把"狗粮"。

我们公司年纪最大的是财务室的崔姐。她儿子已经上学了，自己也是奔四的年龄。但是任何一个见过她的人都说她不像四十岁的人。首先是她的皮肤，是真的好，虽然笑的时候眼角有几丝皱纹，但是那几丝皱纹却更增添了她的女人味。其次，崔姐真的是我见过的最有少女心的少妇了。她办公桌上的摆件几乎都是粉红色，她喜欢所有毛绒玩具，最喜欢的卡通形象是 Hello Kitty。崔姐从来不发脾气，说话也很温柔。

认识崔姐之后，我才知道我以前努力装出来的温柔，其实不是温柔。

今天中午，崔姐在公司收到老公送的一束花和一个巨大的布朗熊，这两个礼物一下子把公司的气氛点燃了。全公司的女孩都围着拍照，有的还直接拍成小视频发给男朋友。在众人的簇拥中，四十岁的崔姐，笑得像一个孩子。我们围过去凑热闹，听崔姐说她老公对她多好多好，结婚这么多年来，从来不用她做家务，接送孩子也不用她操心，就连她偶尔洗碗，她老公都和她急。

崔姐的老公对她好在公司可是出了名的。有一回崔姐想吃烤鸭，就跟她老公商量说晚上去吃，可不一会儿崔姐就收到了烤鸭的外卖。崔姐给她老公打电话撒娇说："干吗现在就给我买，那我们晚上吃什么啊？"她老公说："媳妇想吃的东西就应该立刻吃到才对，至于晚上，你再想想呗。"

当时我在旁边真是极其嫉妒，幸亏崔姐分给了我烤鸭吃，不然我一定会恨她的。

我这才知道：温柔的女人不是天生的，而是宠出来的。

网上都说你要找一个把你宠成公主的男人，我觉得这句话不对，应该像崔姐这样，找一个能把你宠成小孩的男人。

　　在看见崔姐老公送的礼物后，公司的另一个女孩西哥突然号啕大哭起来。她说她长这么大，别说是儿童节了，就是情人节她也没收到过礼物。上大学的时候，室友总是能在各种节日收到各种礼物，她从来就只有羡慕的份儿。

　　后来好不容易谈了恋爱，她最盼望的就是过情人节了。那时候，她谈的男朋友是学校乐队的鼓手，平时演出的时候，她总是在台下拼命地呐喊，演出结束后，她还会送给男朋友一束花。她朋友总是嘲笑她明明是个女孩儿，怎么尽做男孩做的事。她每次都摆摆手说没关系，等情人节的时候，她就把花全都收回来了。

　　好不容易到了情人节，西哥订好了餐厅，买好了巧克力。但是一直等到男生和西哥一起吃完了饭，收下了巧克力，西哥都没看见她想要的那束花。

　　那时候西哥不知道，有些花不必让错的人送。

　　西哥以为是自己做得不够好，所以就拼命地对男生好：男生想要换手机，西哥就去兼职赚钱帮他买；男生想要吃消夜，西哥就翻墙出去给他买……可是男生最后还是和她分手了。

分手之后，西哥哭了很多天，她想和其他女生一样，扔掉所有关于前男友的东西，但是最后她可笑地发现，那个男生什么都没送过给她。

西哥说从小到大，她就没被当过小孩来对待。五岁的时候，父母就让她单独睡一个房间了；从上小学一年级开始，就没有人接送她上下学；上初中之后，就连午饭她都要自己想办法解决。从小到大，父母对她说过的最多的一句话就是：你记住，你不是一个小孩子。

所以她很小就告诉自己，自己是大人。自己是大人，这句话像一句咒语，念着念着，她自己都忘了自己是小孩了。

于是她总是比同龄人成熟，考虑的也比同龄人要多，她没有什么朋友，因为别人总是觉得她老气横秋。她成绩很好，是老师心目中的优等生。上了大学之后，她就没向家里要过一分钱，她靠着自己的能力，每个月自给自足。

有一年过年回家，一堆亲戚聚在一起唠家常。西哥的妈妈很骄傲地对大家说，西哥从小就很懂事，从来没让父母操过心，一点都不像个小孩子，甚至她都没撒过娇。

不知道为什么，那一刻西哥的眼眶突然就红了。她连忙跑进卫生间，默默地哭了很久。她妈妈永远不会知道，她其实一点都不想那么早熟，她也想做个小孩。

今天在看到崔姐有礼物收，又听见崔姐说她老公有多宠她之后，她才知道：女人无论多大，都是一个小女孩，都需要被宠爱。

我觉得爱情，会激发一个人的天性和本能。

很多时候我们会发现，当我们越爱一个男人的时候，我们就越会把他当成儿子来宠爱。我们会帮他做好很多事，我们会变得唠叨或者婆婆妈妈。其实这正是我们爱他的表现。

爱一个人，就是在陌生人面前，是高冷女神，但是在他面前，是家庭主妇。

男人也一样，要是爱你，就会把你宠得生活不能自理，矿泉水瓶盖都拧不开，出门不带脑子，甚至吃饭都需要他来喂。他会把你当成女儿来宠，冬天为你暖被窝，夏天给你做枕头。理性的生活里，他会包容你感性的公主病，理解你偶尔的小脾气。在他身边你不需要成熟，你只需要时刻保持一颗童心，跟他撒娇，闹脾气，做他的女朋友和长不大的女儿。

所以，姑娘们找男朋友的时候，一定要擦亮眼睛看准了，要找一个拿你当女儿养的男人，这样还能过儿童节呢。千万不要找一个拿你当妈使的男人，除非你想提前过母亲节。

♀ 不秀恩爱的恩爱
也许死得更快

当我得知我唯一的单身朋友娇娇也"脱单"的消息时，我已经瞳孔涣散，四肢无力，并且开始觉得人生无望。

我翻出和她的消息记录，指着那句"我们俩是铁打的单身联盟，谁也不许抛弃谁"义愤填膺，她却双手捧着红得跟猴屁股似的脸笑靥如花："没办法，人家这回遇见了对的人嘛。"

听她说完，我用力咽了口唾沫，才忍住没吐出我昨天吃的晚饭。

我并不知道什么才是对的人，我只知道自从娇娇谈恋爱后，我的朋友圈就被她刷屏了：

大晚上的想吃东西，亲爱的二话没说就下楼了，感动呢！

亲爱的说我是他唯一的宝贝，好肉麻！

亲爱的给我买了口红，正好是我喜欢的色号啊！

我忍住把她屏蔽的冲动，劝她还是别秀恩爱了，难道没听说过"秀恩爱，死得快"吗？

她摇摇头说："这句话本身就错了，不秀恩爱的恋爱，死得才快呢。"

原来娇娇在上大学那会儿，也谈了个男朋友，是个爱疯爱玩的男生。

男生每天晚上都有饭局，只要一喝酒就绝对不回消息。他每天都在下半夜翻墙回宿舍。他的日程排得满满的，几乎半个月才能和娇娇约一次会。

两人约会的行程也老套，不过是吃吃饭，就连电影都很少看。

而且男生从来没秀过恩爱，他们俩没有任何情侣物件，连一条关于娇娇的朋友圈都没发过。

偶尔她也会不满意地质问，男生则有一大堆理由，比如"秀恩爱，死得快""我只想把你好好珍藏，不被别人发现"……久而久之，娇娇居然也相信了。

直到有一次娇娇没打招呼去他宿舍找他,他不在,他室友问娇娇是谁,娇娇才明白,原来,他根本就不想让别人知道他有女朋友。

他伪装成单身,不过是为了有很多个暧昧对象,也许娇娇并不是他唯一的女朋友。

娇娇毫不犹豫地和他分手了,并且从此多了一条规定:和她谈恋爱,必须秀恩爱!否则免谈!

"那你现在的男朋友肯秀恩爱吗?"

"当然了,他秀得比我还频繁,他朋友都把他屏蔽了呢!"

听她这么一说,我觉得也有点道理。

我身边有很多情侣似乎都是这种情况,从来不秀恩爱,也不发一张合照,仿佛特别不想让别人知道自己在谈恋爱这件事。

我的同事珍珠也是这种情况,她似乎永远都在谈恋爱,也似乎永远都是单身。

情人节有人送她花,光棍节她却和我们一群"单身狗"去聚餐;也有人看见她和男生举止暧昧,她却一直对自己的感情闭口不提。

有一次周末，大家聚在一起喝酒唱歌，趁着珍珠喝了点酒在高兴的劲头上，我便问了一句："珍珠，你有男朋友吗？"

珍珠笑了笑，说："我知道大家都对我的感情问题特别好奇，其实啊，我几乎没单身过。"

"那你为什么不告诉大家呢？"我不解。

"因为未来是不可知的啊，以前我也喜欢秀恩爱，当下是很甜蜜，可是一旦分手就得删除那些曾经甜蜜的痕迹，每删除一条，仿佛就在打自己一个耳光。时间久了，我的脸都被打肿了，所以干脆就不秀了。除非遇见特别笃定的那个人，否则我是绝对不会再秀恩爱了。"

珍珠说完，干了一杯酒。

和珍珠一样不肯秀恩爱的还有另一个同事，王先生。

王先生是个老实木讷的人，他平时话很少，也很少开玩笑。

而且王先生也是从来都不秀恩爱，哪怕他已经结婚了，并且有个乖巧的女儿。

八卦的同事总是怂恿他讲一讲他和他老婆当年的爱情故事，每次他都是抿着嘴摇摇头。

后来大家激将他说，他根本就不爱他老婆，他和他老婆其实一点感情都没有。

这下子可把他惹急了，他涨红了脸，攥紧了拳头说："才不是，我可爱我老婆了，我老婆可漂亮了！"

大家哄笑作一团，大喊着："没想到王先生也会秀恩爱呀！"

王先生也笑了，他掏出手机打开相册给所有人传看他老婆和女儿的照片，照片里的女人笑容灿烂，小姑娘可爱乖巧。大家一边夸一边怪王先生不够意思，有这么好的老婆和女儿却不肯让大家知道。

王先生搓了搓手，说："我觉得我给别人看到我老婆，她就会被别人抢走了，所以我从来不给别人看，我老婆的好，我自己知道就行了。"当时他的表情，特别像个天真的孩子。他在用自己所有的力量保护自己珍藏的宝贝，他满心欢喜又小心翼翼，所以哪怕别人看一眼，都被认为是在和他抢夺宝贝。

所以，这么说来，不秀恩爱似乎也有它的道理。

我很讨厌那些只凭一个人是否发朋友圈，就判定一个人是否幸福的人，仿佛不发朋友圈就代表着我没去过哪家餐厅，没到过哪个景点，甚至没谈恋爱。

朋友圈不过是个分享生活的社交软件，并不是判断一个人的幸福凭证。

不仅如此，我更讨厌那些打着"我爱你，所以想要把你珍藏"的幌子不肯秀恩爱的渣男，所以尽管在朋友圈秀恩爱很 low，朋友们也并不能看出你是否幸福，但却能让你看出一个男人是否真心对待你。

所以，除非你有十足的把握，说你的男友就是另一个"王先生"，否则还是让他发一条关于你俩的朋友圈吧。

不过要小心，也许他的朋友圈只对你一个人可见呢。

♀ 你的爱情
　经受得住考验吗？

电视剧《人民的名义》热播时，我终于也赶上了一次潮流，成为浩荡追剧大队中的一员。

剧中，祁同伟抱怨，要不是当初梁璐给他和陈阳使绊子，他现在就能和陈阳幸福地在一起了。梁璐苦笑着说，她不过是帮他俩考验一下爱情罢了，吴老师笑着说："你不知道吗？爱情是最经受不住考验的。"

"爱情是最经受不住考验的"，这句话基本上是没有错误的。诚然，也有很多经得住爱情考验的例子，但是那些爱情神话之所以能被大家争相歌颂，其本质不就是因为它的稀有吗？

生活不是电影，哪有那么多的奇迹？最多的就是对各种事物的妥协，对理想，对命运，对爱情。

　　但是这种心得不是谁都有的，大家不过都是摸着石头过河，没经历过之前，谁都是爱情坚贞的信徒。

　　我亦如此。

　　我谈过最长的一次恋爱，是一年。那一年是我有生以来，最累的一年。

　　称他奶茶先生吧，因为在谈恋爱的期间里，他总是在傍晚的时候，给我送来一杯奶茶，大多时候是香草味，有时是香蕉味。多年以后，我在网上看到这样一段话：后来有人送你三十块钱一支的玫瑰，三百块钱一支的口红，三千块钱一件的大衣，三万块钱一块的手表，但是你的爱情是从三块钱一杯的奶茶开始的。那是个春天的傍晚，我盯着这段话，眼睛湿润了很久，空气里满是香草的味道。

　　认识奶茶先生的时候，我正读高二，刚分完文理科，脱离了物理和化学折磨的我，正在文科班混得风生水起。那时他是足球队的队长，即使高三了也总是翘课出去踢足球。我对踢足球的男生兴趣乏乏，在青春期的小姑娘里，只有打篮球的男生才是正义的化身，是偶像剧中的男一号。

认识他的契机也很偶然，不是偶像剧里那种"他将球踢到我的身边，然后满脸汗水地跑过来拿球，我将球递给他的时候，四目交替，眼波流转"，而是他捡到了我的饭卡，然后跑到我的班级来还给我。

至于他是不是因为我的美貌而对我一见倾心就不得而知了。总之，在他高三的末期，高考的枪声响起的时刻，我和他谈起了"黄昏恋"。没有在一起几天他就毕业了，我美好的校园恋短暂得像某些昆虫的生命期。

不过整个暑假我们都待在一起。奶茶先生带我到处蹭他同学的升学宴，包括他自己的。我坐在一群人中间，冒充他的同学，然后在桌子底下，和他偷偷牵手。

幸福感随着他的通知书的来临，一下子瓦解。通知书上的字，告诉我奶茶先生即将离开，而且是去遥远的南方。

霎时间，南方在我心里不再是民谣歌里的天堂，而是将我和喜欢的人分割的异乡。

奶茶先生倒是看得很开，在他的想法里，异地和时间似乎都不是问题，他像电影里痴迷爱情的男女，搂着我的肩膀说，没关系，我等你。

女生的心理年龄比同年龄段的男生要成熟很多，我很清楚我即将面临的是什么，是安全感的崩溃，是环境的不同，是共同话题的减少……

和我预期的一样，我上了高三的"贼船"，每日苦哈哈地像不见天日的奴隶。奶茶先生在风景秀丽的南方，体验着新环境带给他的刺激和希望。他说的话题我插不上嘴，我的痛苦他只能隔靴搔痒。

在每个刷完题的深夜，我看着他发的聚会的照片，都觉得我和他处在不同的世界，这两个世界不仅相隔着地域的距离，还有着心灵的互不相通。

很快，除了每天必要的早安和晚安，我和他再无话题。偶尔热络的聊天也会让我觉得不真实和惴惴不安。我以前总是问他，你有多喜欢我，可那时我怎么都不敢打出那几个字，仿佛一说出口，就变成了自取其辱。

知道奶茶先生变心的时候，我刚刚经历完一场模拟考试。成绩不错，考上他所在的大学，问题不大。我雀跃极了。我天真地以为，就算爱情暂时失色，但只要我肯努力擦拭，也是可以恢复光鲜的。

我不该做的是，登了奶茶先生的 QQ 号。那是我第一次登录，也是最后一次。

他的空间的留言板上，都是同一个女生的私密留言。原来他早就背着我喜欢上别人了。那是我第一次被背叛，没有经验，只会质问。

那是我生平听到的最多的"对不起"，无论我哭得泣不成声还是骂他，他都是重复着那一句。这三个字听得我想吐，甚至现在听见这三个字，都会反胃。

这世上最没用的三个字，就是对不起。

我站在人生的岔路口上，一下子明白了很多事情。其中最深刻的就是：爱情很难经受住考验，能经受住考验的胜算低到堪称奇迹。

后来的恋爱，我从来不问男生的社交软件密码，也从不追问男生的行踪。我开始信奉"难得糊涂"这四个字，对爱情不敢要求过高。

其实，那些我不去追问也不想知道的事，在该知道的时候也会知道。毕竟天下没有不透风的墙。那我又何必自己去捅破那层窗户纸呢？

前些日子，我一个朋友拜托我一件事，那就是加她男朋友的微信，帮她测试她男朋友的忠贞程度。这种把戏现在似乎很流行，包括自己用小号测试和让自己的闺蜜测试两种。

我见过很多没经受住考验的男生，因此我问我朋友难道不怕吗。她说她怕，但还是想考验一下，明知山有虎，偏向虎山行。

我没帮她，我和她讲了很多道理，但是她不懂。她不懂就算这次她的男朋友经受住了考验，那也不代表以后就会对她忠贞不贰。毕竟爱情是条没有终点的路，路上险象环生，沟壑纵横。就算侥幸越过了这一次的陷阱，也不能保证能安全度过其他的颠簸。

所以别轻易考验爱情，在你不相信爱情的那一刹那，其实就已经预示了爱情的失败。

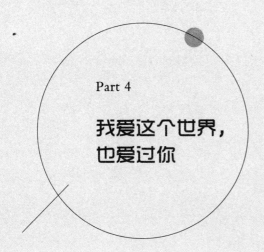

Part 4

我爱这个世界，
也爱过你

♀ 爱情里最美好的是
失而复得

最近知乎上兴起了一个问题：你有没有失而复得过一个人？我盯着这个问题，想起了小薇。

和《小薇》的歌词里写的一样，小薇有双美丽的大眼睛，擅长偷走人心。从青春期开始，追求小薇的男生就络绎不绝，他们前赴后继，唱着那首耳熟能详的歌，想要俘获她的芳心。小薇也轰轰烈烈地谈过几场恋爱，伤过人，也被人伤过，可谓是在爱情里摸爬滚打，尝过甜头，也吃过苦。偶尔聚会的时候，几轮酒喝下来，她也会伤感地自嘲说，在爱情里，自己是个失败者。

其实，女人到了一定的年纪，就会陷入迷茫。谈过几场无伤大雅的恋爱，错过了几个不应该错过的人，有过后悔，也有过春风得意。可是，这些东西除了在记忆里沉淀了下来之外，自己本身得到的，除了孤独还是孤独。

谈恋爱嘛，无非就是那些套路。暧昧，周转，热烈，熄灭。一个火种虽然能被反复点燃，但是自身的热情早就在火起火灭中化为灰烬了。

小薇就是这种情况，她被爱情的水淹得够呛，有爱人的资本，却没有爱人的欲望了。

在某一天深夜，小薇喝了一碗深夜"鸡汤"，决定请一个月的假去一趟西藏。

不知道从什么时候开始，西藏成了文艺青年眼中的象牙塔。"去西藏吧，去西藏啊"，那些人举着这样的大旗，像一群传销的头目。听他们的意思，仿佛去了西藏之后，就能洗掉所有的罪恶，干净得宛如孩童。

虽然道理小薇都懂，可她还是选择了喝这碗"鸡汤"。她总觉得，就算西藏洗不掉她身上的凡尘，布达拉宫的太阳也会给她的火种蓄点热情。

她没选择坐飞机，而是在火车上躺了两天，一身油污地到了西藏。

她将大卷发扎成了马尾，将穿了好些年的套裙换成了牛仔裤，将精致的高跟鞋换成了帆布鞋。

"就重新年轻一次吧。"她想。

她在塞满了人的大巴中，吐得不成人形。大巴绕着山路，颠簸的节奏让她想起了高中时期只去过一次的游乐场，她和她的初恋男友坐在海盗船上大声喊叫，耳边风声呼啸，彼时是十七岁的她，是满脸胶原蛋白的她，是为了爱情奋不顾身的她。

那个初恋男友，并不是学生，而是一家饭店的学徒。他的名字很土气，叫张三。虽然名字土，但他长得却洋气极了：左耳常年带着耳钉，笑起来一脸的邪气。青春期里，这种男生是女生的梦中情人，小薇也没能免俗。那时的小薇看得很开——或许两个名字土气的人也能演绎一段童话故事呢？

童话故事开头总是很美好，他们俩也是。张三总是在星期五的下午骑着破单车载着小薇冲下一个又一个斜坡，他的车筐里装着小薇最爱吃的菜，车座上坐着他最喜欢的姑娘。他们躺在公园的草坪上晒太阳，张三抱怨主厨的脾气，小薇抱怨写不完的作业，然后两个人一起吃光张三做的菜。谁也没想过未来。

后来张三在学会了所有的菜式后，背起行囊准备出去闯荡。他摸着小薇的头说，等我。

可惜少年的话总是随风去，少女也是容易忘却的鱼。

尽管小薇总是想起张三，甚至到现在也没完整地听过一次《张三的歌》，但是那又怎么样呢？不过是年少一梦。

小薇的高原反应并不严重，她躺在布达拉宫前，被太阳晒伤了皮肤。周围熙熙攘攘，朝圣的人虔诚无比，她不过是一位伪爱情信徒。

旁边有游客喊着找人拼车去纳木错，小薇举着手跑过去报名，那个人回头，是张三。是多年之后的张三，是眼角已经有皱纹的张三，是那个无数次盘旋在她脑海中的张三。

小薇想过很多次他们的重逢，想过很多个地点，想过很多种场景，想过自己的装束，可是没想到真正重逢的时候，她还穿得和十七岁一样。她怎么也想不到命运还是一样幽默，总是在她迷茫的间隙，见缝插针给一个惊喜。

以为会拥抱呢，并没有。以为会流泪呢，也没有。两个人像是刚见完面的老朋友，只是淡淡地说了一句，是你啊。这句话其中的分量可想而知，可能抵得过一次海啸，又或是一座火山的喷发。

去纳木错的途中，小薇倚着车窗，掏出播放器，滑到最底部，点开了那首这么多年都没听完全的歌。耳机的音乐一下子将她拽进时光隧道，里面飞快地闪出很多张脸，都是这些年她的恋爱对象，但是他们模糊得像蒙了一层厚厚的水雾，只有张三的脸最清晰，清晰得能看见他脸上的绒毛。

我们要飞到那遥远地方看一看

这世界并非那么凄凉

我们要飞到那遥远地方望一望

这世界还是一片的光亮

小薇哭了，这是这么多年来，她第一次高兴地哭。

在纳木错的湖边，张三牵起了小薇的手。谁也没有过问，这些年来你爱过谁。张三现在是做什么的，收入稳定吗，有过几个女朋友，这些小薇都不想知道，她只是轻轻地问了一句：嘿，你过得好吗？

小薇辞了工作，没再回来。她去了张三所在的城市，过上了新的生活。

这世界每天都有人在失去，失去钱，失去工作，失去亲人，失去爱情……我们赤条条地来，最后什么也没带走。

在短暂的生命中，我们不停地得到，得到钱，得到工作，得到亲人，得到爱情……即使最后什么也没带走，但是，我们拥有的时候是高兴的。

如果一定要找一件比得到还令人高兴的事，大概就是失而复得了吧。真好，我并没有失去你。真好，兜兜转转，你还在那里。真好，我还爱你。

小薇晒结婚证的那天，我问了她一个问题：这世上最美好的一个成语是什么？

小薇告诉我，这道题没有正确答案，每个人的情况不同，答案就不同，但是对她来说，不是失而复得，而是虚惊一场。

♀ 我超想和你
有以后的

上个月我在公众号后台收到了一个女生的留言，她说她和她男朋友从大一军训的时候就在一起了，整整四年他们都很少吵架，每天都腻在一起。最近快毕业了，她却觉得心慌，因为男生从来都没跟她提过未来，也从没带她见过他父母。

她突然发现，一直以来，其实她和男生的关系都很像浮萍一样飘忽不定，只是因为之前有校园做保障，她才没担心。她一直天真地以为，只要时机成熟，一切都会顺其自然地尘埃落定，可是现在毕业的钟声将要敲响，男生却还是迟迟没有动静。

她不好意思质问男生，也没信心等待，更不想就此放手。她问我该怎么办？她真的超想和男生有以后的。

　　我记得我当时建议她鼓起勇气问问男生，因为不问就会一直提心吊胆。后来她一直没有回音，我就把这件事忘了，昨天竟然意外地收到了女生的回复。

　　她语气欢快地告诉我，她小心翼翼地问了男生，没想到男生给她发来了一个好几千字的PPT，里面写满了他和她的各种未来规划，她感觉幸福得要昏过去了。

　　我真替她高兴啊，没有什么会比恋人的未来有你这件事更让人暖心了吧。

　　我发现我身边真的有很多很棒的女生，她们独立又大方，爱上谁就真真切切地和谁相处，一笔一画地将对方写进自己的生活蓝图。

　　我的大学室友乐乐也一样。当初她谈恋爱的时候，每天晚上宿舍熄灯了之后，她都会跟我们畅谈她对她和男朋友未来的幻想。

　　她希望毕业之后能和男生一起住在一间小小的房子里，然后每天下班后两个人一起牵着手去买菜；也希望男生能早一点跟她求婚，这样她就可以做一个时髦的"辣妈"；甚至两个人以后要养的猫狗，她也都提前起好了名字。

她是真的很爱那个男生，谈恋爱之前她总想着要环游世界，可是谈了恋爱之后，她却愿意洗手做羹汤。

尽管后来她没有如愿，但我还是会经常想起那些绵长的夜晚，世界暗暗的，大家都藏在被窝里，静静地聆听乐乐的美梦。

有时候我会觉得女生太傻，只要爱上一个人就会痴痴地幻想和那个人的未来，一点都不理性。但有时候我又会很佩服女生的勇敢，因为只有够爱才会敢想吧。

不知道大家是否和我一样，一旦过了二十岁，便觉得那些美如烟火的情话一下子变成了轻飘飘的云，虽然好看，但却抓不住。可能一开始还会被云层的变幻莫测所吸引，可久而久之就会觉得没有安全感，连脚底也是软绵绵的。

我也不再轻易相信一个人的爱意，因为我越来越明白，爱一个人真的很容易，携手相伴才是真的难题。那些不负责任的爱情，就像一阵龙卷风，来得忽然走得也决绝，我实在是没有胆量再陪谁玩一局了。

我受够了走着走着突然被甩开的情况，也讨厌每次跟对方提及未来时的小心翼翼，更不想再做演独角戏的傻瓜，自己一个人傻傻地计划半天，最后才发现对方的未来里从未出现过我的名字。

我啊，现在只想谈一段脚踏实地的恋爱，认真地相知相恋，彼此都把对方写进自己的未来，一起牵手走过很多个春夏秋冬。可以不富裕，也可以非常平凡，只要你幻想的未来都有我，那就足够了。

你可不可以不要离开我，可不可以再勇敢一点，再爱我一些？因为我真的超想和你有以后的啊。

♀ 我喜欢你，
因为我们能一起吃饭

我很喜欢看一些美食博主做菜的视频，每次都能让我垂涎三尺，欲罢不能。每次看完之后，我都按捺不住地去超市买相同的材料，一个人在厨房里忙活半天，只为了能做出一样的美味。

我也很喜欢看一些美女做的美食试吃直播，比如日本的木下。这几年微博上也出现了几个干吃不胖的美女，她们食量大如牛，吃什么都很香。美女加美食，真的能让我一饱眼福。

我更喜欢在夜深人静的时候，一个人躲在被窝里看《深夜食堂》，看得自己饥肠辘辘，直到忍不住去厨房下个泡面。吃饱喝足之后，才能抹抹嘴安心地去睡觉。

我对于美食的热爱，超出了很多人的想象。听我妈妈讲，我在两岁的时候，就能吃掉一大碗粥。在五岁的时候，一顿能吃一整只鸡。七岁的时候，为了去超市买零食，跑得太快以至于给自己膝盖上留了一个很大的疤痕。

美食之于我来说，是无数个要完成的梦想中的首要任务，是幸福生活的保证，是正能量的来源。

所以我交朋友的首要方针就是有共同的饮食爱好。小到零食，大到正餐，要是能有一个喜好相同的朋友，那将会把一起吃饭这件事变得十分幸福。

试想一下，你和你的好朋友一起坐在热气腾腾的火锅店，她帮你涮片羊肉，你帮她捞片毛肚，互相讲一下最近身边发生的有趣的事，再一块儿干个杯，将所有的情绪一饮而尽。或者，在午夜时刻，你和你的朋友一起坐在大排档前撸串喝啤酒，吹着无伤大雅的牛皮，看着过往的行人。再或者，在某个雨天，你和你的朋友一起去了家很棒的甜品店，当甜品在你嘴里融化的一刹那，你觉得天气都变晴了。

所以，美食固然重要，但是能有个和你在美食方面兴趣相投的人，似乎更重要。

我的同学小雅是一个十足的吃货，上课趁老师回头的片刻，她都能往嘴里塞把薯片。别的女生的包里都是些化妆品，她呢，都是些果冻、巧克力、蛋糕……因为爱吃，所以她的身材有些微胖，但是却不失可爱。

前些日子，有个男生追小雅，听说还是一个充满艺术细胞的艺术生。艺术生好啊，艺术生浪漫啊。就连平常在宿舍楼下等小雅的时候，男生手里都拿着朵玫瑰。正式告白那天，男生也果然没让我们失望。他在操场上用粉笔画了个巨大的爱心，然后坐在爱心里一边弹吉他一边唱歌。小雅被一群"吃瓜群众"围着，她擦了擦刚吃完抹茶慕斯的嘴，懵懵懂懂地点了点头。

小雅答应了男生的表白，开启了这段罗曼蒂克的恋爱。

可是没过多久，小雅就变得闷闷不乐，连零食都吃得少了。在我们的逼问之下，小雅终于说出了实情。

原来，男生什么都好，就是不准小雅再吃零食了。他觉得零食对身体不健康，可乐会坏牙，甜品会发胖……就连小雅视之如命的火锅都被男生以"地沟油"的名义判了死刑。男生每次带小雅吃饭，都很讲究营养搭配，少油少盐，清淡健康，把小雅的脸都吃"绿"了。

小雅从未像现在那样，对美食充满了渴望。她想去撸串，想吃红烧肉，想将涮了十秒的肥牛蘸进铺满蒜泥和香菜末的香油碟，然后一口吃进嘴里。

她开始瞒着男生偷偷吃她想吃的东西，在约会前飞快塞一块甜品进嘴里，在夜深人静时偷偷跑出去吃麻辣烫，在和男生看电影的时候，趁男生不注意，一口喝掉一整杯冰可乐……

可是这种偷偷摸摸是一定会露出马脚的，有一次在和男生去吃饭前，她先吃了两个甜甜圈。男生带她去吃养生粥，她看着那碗粥，一点食欲都没有。谁知道她还没发火，男生倒是先恼了。男生指着她嘴角没擦干净的奶油大发雷霆，她低下头想了想，这是她想要的爱情吗？

很明显，不是的。于是，她和男生分手了。

"我不想和一个连我吃块蛋糕都阻止的人在一起，能吃到一块儿去才是爱情的前提。"

听说最近有个厨师在追小雅，小雅在厨师精湛的手艺下，越来越发福了，可是脸上的笑容却越来越多。

另一个是小爱，她是那种吃自助都能吃回本的姑娘。她最讨厌的人就是在饭桌上吃两口就撂下筷子的人，并大骂那种人没有责任感，不顾饭桌对面的人的感受。

以前和小爱在一起玩耍的时候，我比现在胖十斤。没办法，因为两个志同道合的吃货做朋友不会研究别的，尽研究吃什么了。我们两个的聊天记录几乎全部是：听说最近哪儿新开了一家餐馆，要不要去试试？

后来我有了男朋友，就重色轻友地抛弃了小爱这个忠诚的饭友，可是偶尔约一次饭，还是会吃得我们直不起腰。

记得她问过我和男朋友能吃到一块儿去吗，我沮丧地摇了摇头。虽然他不像小雅的男朋友那样干涉我的饮食习惯，但是我和他喜欢的口味也实在是大相径庭。

他喜欢偏甜偏清淡的食物，而我却重口味无辣不欢。有一次一起吃火锅，我试了一下他吃的寡淡无味的清汤，难吃得我脸都变了形。可是他又很迁就我，每次我想吃什么他都陪我去，尽管不喜欢吃也陪着我。

听完我的抱怨后，小爱摸着肚子叹口气说："我绝对要找一个能吃到一块儿去的男朋友才行，不然我哪儿还有生活的乐趣呀。"

后来小爱去相亲了。听说她问男生的第一个问题就是：

"你喜欢啃猪蹄吗？"男生被问懵了。不过幸好男生反应快，回了句："我不仅喜欢啃猪蹄，我还喜欢炖猪蹄。"不然，他俩还不一定有故事发生呢。

对于吃货来说，伴侣能和自己吃到一块儿去这件事真的是太重要了，甚至影响两个人的幸福指数。

人生苦短，挫折又多，为什么不在有限的生命里，吃想吃的东西，和能吃到一起去的人在一起呢？

♀ 想和幼稚的男生
   谈恋爱

我曾经看过一个针对女性选择伴侣的问卷调查，百分之七十左右的女性都愿意选择比自己年长的男性谈恋爱。

我的朋友莉莉也是百分之七十中的一位，她最喜欢的电影是《北京遇上西雅图》，她最喜欢的男演员是吴秀波，她基本上可以算是大叔型男人的"骨灰级"爱好者了。

用她的话说就是：现在和自己年龄相当的男孩都太稚嫩了，对于爱情还是个愣头青，摸不透女孩的心思，与其委屈自己等他们成熟，不如直接找一个有经验的大叔谈恋爱，大叔不仅会心疼人，还体贴温柔。

没想到上天眷顾莉莉，还真让她碰上了一位大叔。听说对方是一位比她大七岁的公司高管，偶尔还会西装革履地在莉莉公司楼下等她下班。我见过莉莉和他在一起的样子，还真有点萝莉配大叔的感觉。

本以为美梦成真的莉莉会甜蜜得不得了，可是没到两个月，莉莉就开始垂头丧气。在大家的追问之下，莉莉才苦笑着说，成熟男人真无趣。

其实莉莉的男朋友对她很好，会体贴地跟她说晚安，也会带她去昂贵的餐厅吃饭。在同龄女生还跟男朋友挤着吃一碗麻辣烫的时候，莉莉就已经坐在西餐厅吃牛排了。

按理说，莉莉应该高兴的，可是她却怎么都开心不起来。她想了很久，大概是因为她不敢任性吧。

记得有一次，男朋友两天没有联系莉莉，无论莉莉发消息还是打电话，都没有回音。莉莉哭着跑去男朋友的公司，才知道他临时出差了。后来电话终于打通了，可是男朋友既没有安慰莉莉，也没有为自己的行为道歉，反而责怪莉莉不成熟。

不仅如此，莉莉和男朋友也没有共同语言。莉莉跟他讲自己喜欢的明星八卦，他没有兴趣；他跟莉莉说的那些工作人脉，莉莉也不想听。两个人能交流的话题很少，经常出现鸡同鸭讲的状况。

最让莉莉崩溃的是，和他恋爱没有甜蜜的小确幸，更多时候是像白开水般的老夫老妻。莉莉拉着他去买情侣上衣，他觉得幼稚不肯穿；莉莉想去游乐园，他觉得幼稚不肯去；就连莉莉想拉着他的手在大街上晃悠，他都会说一句幼稚。

被他多次说幼稚之后，莉莉突然醒悟，也许自己需要的就是幼稚的男生吧。

可能一提到幼稚的男生，大家心里就会自然地产生一种排斥感。因为有几个贬义词一直伴随着幼稚这个词汇，比如：不负责，不体贴，不上进。

可是今天我们要研究的不是这个"套餐"，而是"幼稚"这一款"单品"。幼稚的男生究竟有什么好呢？

幼稚的男生可能不太懂女生的小心思，但是只要你稍微不高兴，他就会缠着你哄半天，一直到你笑了才罢休。

幼稚的男生会跟你抢着看卡通片，还会和你抢零食吃。

幼稚的男生会拉着你的手在路上晃悠，还会带你去游乐场、电玩城。

不得不说的是，恋爱本就是一件幼稚的事。两个人在一起，就是要做遍幼稚的事才会觉得有趣。不然年纪轻轻的不去游乐园坐旋转木马，难道去公园喝茶吗？

　　记得我有一次坐公交车，看见路边有一对情侣在比赛划拳，谁赢了谁就往前走一步。结果男生赢了，女生远远地落在了后边，女生于是哭哭啼啼撒娇起来，样子真是可爱极了。当时我觉得他们真幼稚，但是心里却不得不承认，他们真幸福。

　　所以啊，成熟男人是好，但我还是想找个幼稚的男生每天带我疯带我玩，毕竟我还是个小公主啊。

♀ 我好想和你一起
过圣诞节

前天逛街的时候发现，已经有好多店面开始有圣诞装饰了，我这才意识到：今年的圣诞节又要来了。怎么办，我今年好想和你一起过圣诞节哦。

你知道吗？没有你的每一个圣诞节，我都过得很孤独。有时候我会和朋友去 KTV 唱一整晚的歌，再在早晨的时候匆匆打车回家。有时候我会一个人裹着毯子，看一部热闹的电影，可是电影越热闹，我就越寂寞。有时候，我会假装不知道圣诞节的存在，但是无论去哪里，都会被温馨的气氛提醒，我是一个人。

像歌词里唱的那样：落单的恋人最怕过节，只能独自庆祝，尽量喝醉。

所以，今年的圣诞节我想和你一起过，好吗？我想，如果是和自己喜欢的人一起过，那么一定会很甜蜜的吧。

我想和你在圣诞来临的前一周就开始一起准备：我们会买一棵小小的圣诞树，还会买很多小礼物，我们一起蹲在地上将它们细心地挂在圣诞树树枝上。

我们还会买很多小彩灯，挂在房间里的每一个角落，提前感受圣诞节的温馨。

我们还会一起躺在床上做圣诞节的攻略，我拿着画有圣诞老人图案的圆珠笔，一笔一画地将计划写在暖黄色的便利贴上。

我呢，会提前为你织一条大红色的围巾，虽然我很笨，但我会努力地看教学视频，一定会给你织一条又暖和又漂亮的围巾，让你所有的朋友都嫉妒你。

我还会提前做好亮闪闪的圣诞节主题的美甲，在指甲上小心翼翼地粘上雪花，然后伸出双手对着你挥舞寻求夸奖。

而你呢，会提前为我买好我最喜欢的巧克力和水晶球，藏在床边的柜子里，在圣诞节的早上偷偷地放在我的枕边，再亲吻我的额头说：圣诞老人昨晚来过哦。

或者是，你笨拙地为我挑选了一支圣诞节主题的口红，满心欢喜地让我试试看。又或者你什么礼物都没准备，只是提前预订好了我早就想去尝试的餐厅。

只要是和你一起过圣诞节，怎么样都好。

圣诞节的当天，也许会下一场大雪，我会为你戴上我亲手织的围巾，然后我们一起牵手走在灯火通明的大街上，一步一步地踩在雪里，听脚下的雪发出咯吱咯吱的声音。

我们可以去吃一顿热热闹闹的火锅，把肉和丸子都一起丢进锅里煮，吃到鼻尖微微出汗时，再喝一大口可乐。

我们可以去看一部爱情片，整座电影院里都是甜蜜蜜的情侣，我们坐在最后一排，在电影放映到一半的时候偷偷亲吻。

我们还可以买一堆烟花，去江边一根一根地点燃，每人拿一支烟花在空中画圈圈。

或者我们可以一起去逛超市，我坐在购物车里指挥着你前进，你在后面一边推着我一边抱怨我的体重，但还是会拿我喜欢吃的果冻和薯片。我们买了酒，还买了肥美的火鸡和香甜的西柚。

回到家之后，我们会挑选几首圣诞节的歌曲，一首一首地播放，然后打开所有的彩灯，在沙发上靠在一起吃零食聊天，直到彼此都昏昏欲睡。

一觉醒来，你还在我身边，窗外大雪纷飞。

说了这么多，你是否发现，这些事其实我可以和任何人一起做，或者我自己一个人都能完成。但如果不是和你一起，那这些就都没有意义。

因为我喜欢的不是圣诞节，而是你呀。

♀ 相逢的人
会再相逢

《一代宗师》里的宫二说，世间所有的相遇都是久别重逢。我记得当时看到这句话的时候，我特别难过，说不出具体原因，大概是为我该遇见的人还在和别人久别重逢而难过吧。

"五一"的时候，我不顾众人的劝阻和朋友去了人山人海的北京。离开北京的那天，下起了倾盆大雨，我退了宾馆的房间后，在大雨中暴走了七个小时，十分狼狈。

半夜十一点的火车，因为是在网络上订的票，随机出来的是上铺。在经历了一天的疲惫后，我望着上铺，差点哭了出来。

我使出全身力气将双肩包往上铺扔，结果包掉下来砸到了我的头，刮掉了我的帽子，露出了我那被帽子压了一天还掺杂着雨水和油的头发，我素颜的脸上也混合着雨水和油，大框近视眼镜镜片上花得不成样子。

请记住我以上的造型，因为在下一秒，出现了一个高个子的男生，他主动帮我把双肩包放到床铺上，还对我笑了一下。

我当时就结巴了，然后第一反应不是道谢，而是跑去卫生间照镜子。

我被镜子里自己的容颜深深地打击了，这大概是我二十年的生命中，最丑的一次吧。沾满雨水的外套，满是泥水的鞋子，无神的眼睛，暗淡的肤色。就这样，他还能对我笑出来，真是个好人啊！我不禁感慨。

因为造型实在是太无力回天了，所以我放弃了收拾收拾再出去让他惊艳的念头。

我想就这样吧，是谁说过女人不因美丽而可爱，而因可爱而美丽啊！

我抱着坚定的态度，费尽全力地爬到了上铺，想要优雅地来一连串动作让他知道我是个淑女。结果，没想到上铺的空间是那么狭窄，我频繁撞头，坐不起来也躺不下去，而刚才那个男生早就四平八稳地躺在我对面的铺位，还一脸关切地看着我。

可爱……什么啊，我现在明明就是……傻啊。

我微笑着继续撞头。

费了九牛二虎之力，我终于躺了下来。我以为尴尬的气氛会慢慢消散，可是，莫名其妙地，气氛更尴尬了。

我和他都不敢侧躺，所以只能僵硬地平躺。我翻出耳机听歌，借此偷瞄了他一眼，结果刚好和他对视。

我火速将被子盖过头顶，然后默默地感到脸部发烫。我不是没遇见过帅哥，而且严格来说他长得真不是很帅，但是特别干净。更干净的是，他穿着白衬衫，浅色牛仔裤。

他就是我的"菜"啊！

正当我在被子里不知所措的时候，突然感觉有人在轻拽我的被子，我掀开被子，正对上他的脸，他的声音温柔细腻，说道，该换票了。

可我没听清，我拿下耳机，像个傻子一样地"啊啊啊"了半天，他没有不耐烦，而是温柔地又告诉了我一遍。可我居然找不到我的票了，我打开包一顿乱翻，其间还夹杂着不断撞头的惨叫。我对自己翻了无数个白眼，怎么能那么丢人！

接下来的一夜，他始终平躺没有换姿势，而我则像热锅上的蚂蚁一样，翻来覆去。

我的耳机里循环播放着王菲的《梦中人》，我一直在笑，也不知道我在笑什么。我忘了我的种种丢脸行为，我的脑子里全是《重庆森林》里的画面，随着耳边传来的音乐，忽近忽远，忽明忽暗。

我那么疲惫，我以为我会很快就入睡的，可是我失眠了。我想起了很多场景。

我想起了我在小学的时候，暗恋一个体育很好的男生，他在长跑之后，大口大口地喝水，他一边擦汗一边和人说话，我逆着光看他，他的眼睛是琥珀色的。

我想起了我的初恋，我和他在冬日傍晚约会，天气阴冷还下着小雨，他打着伞，我侧头看他，他的脸上有神秘的光晕。

我想起了我每一次与人无疾而终的暧昧，每一次在爱情边缘的徘徊，甚至想起了北京地铁里拥抱着的情侣的脸。

……

车厢的灯熄灭了，周围寂静又安宁。我侧头看他，他的眼睛紧闭，睫毛微微颤抖，双手放在被子上，皮肤白净，骨节纤细又分明。

他和我以前遇见过的男生都不一样，他有一种来自内心的沉稳与安静，与我的浮躁不安形成了鲜明的对比。

大概是因为文科大学男生特别少的缘故，我遇见的男生都带着一种"物以稀为贵"的骄傲，走路都带着强劲的风，他们善于言辞并惯用套路，甚至连"泡妞"的手段都千篇一律，很难更新。

这让我觉着可悲又可笑。

直到凌晨两点我才渐渐入睡，我醒的时候，他已经醒了，所以我不确定他看没看见我难看的睡姿。

我翻出耳机继续听歌，被子再次盖过头。当我听完一首歌，掀开被子换气时，他已经下了床，坐在窗边的椅子上看向窗外。四下全是黑暗的风景，只有远方的星星泛出点点光亮。车厢里隐约传来沉睡的鼾声，火车晃晃悠悠，像行驶在黑夜里的一艘船，而在所有的景色里，唯独他是亮的。我眯着眼看他，像在望着一座灯塔。

我的手机播放器在唱：在所有物是人非的景色里，我最喜欢你。

我打开相机，定格了这个瞬间。

回来后，我和我的几个朋友聊起这件事，她们有的称赞我摄影技术好，有的称赞他是个好人，有的说我的表现真搞笑，可没有一个人明白我到底想说什么。

我想说的，只能意会。

相遇这两个字，启齿就是一个故事。我不想细讲，我只想在某个时空里一直连载。

可我不是个主动的人，我做不到轻描淡写地搭讪。而他就更不是了，他安静得像一面湖，对每个人都善良如水。

他下车的时候，我一直目送。我将我偷拍他的照片发了微博。我想说很多话，可是最后只打出了三个字：祝你好。

我想，如果相遇当真是久别重逢的话，那我们一定会再次遇见。

因为，不幸中的万幸，就是他在我的城市下了车。

嘿，下次遇见你就不放过你了。

♀ 你恋爱
是为了钱吗？

最近我的朋友圈快被"单身狗"们求脱单给刷爆了。

我问我一个男性朋友："嘿，你难道不想脱单吗？"他撇撇嘴咕哝了句："我倒是想谈恋爱，可无奈的是我没钱啊。"

的确，我身边越来越多的男生开始抱怨谈不起恋爱，大家都是学生，每个月管父母要生活费。平常和女朋友吃饭就已经很拮据了，要是女朋友还想要买口红，基本上就得天天吃泡面了。

我和几个男性朋友讨论过这个话题，我特别纳闷谈恋爱怎么会这么费钱？几个男生一起给了我一个大白眼，然后开始一一举例。

其中一个胖男生和他女朋友在一个城市却不在一个学校，

只有周末才见面。他说："谈恋爱总不能吃路边摊吧，吃个火锅烤个肉什么的，两天就差不多小一千，再逛个街就直接要我的命了。"

我惊奇地问他："你女朋友不花钱吗？我觉得吃饭应该你请一顿我请一顿才对呀。"

这回轮到几个男生惊奇地看向我，他们说很少有女生像我这么想，大部分女生谈恋爱无非是为了省钱或找一个长期"饭票"。

我笑了笑说："那是你们运气不好，遇到的女生都不够优秀。优秀的女生谈恋爱就只是为了谈恋爱。"

我的一个好朋友西西，毕业两年，坐标帝都，每个月收入七千，租完房子之后所剩无几。

她新交了一个男朋友，是个富二代。朋友都很羡慕她，说她这是要飞上枝头做凤凰了。

但其实她告诉我，谈恋爱之后，她的生活并没有变宽裕，相反却更加拮据了。我不敢相信，要知道她男朋友可是送了全套圣罗兰给她。

她笑了笑说，收礼物这件事是最让她苦恼的。收的礼物太贵总是让她有负担，不收又显得自己小家子气。所以她现在除了必要的开支都不怎么花钱，而是攒钱给男朋友买昂贵的钱包和领带。

"那吃饭呢？你吃饭总不用花钱吧？"我问。

"通常是这样的，吃饭若是他花钱，那我就买个咖啡付个车费什么的，房费若是他出的，我就出吃饭钱。"

"那你的恋爱谈得不轻松啊。"我感慨道。

西西告诉我，谈恋爱这件事，讲究的是势均力敌，两个人付出得差不多，爱情的天平才不会倾斜得太严重，这样才会长久。不能抱着占便宜的心态，喜欢一个人才会想要给他花钱，才会想要帮他分担。

听着西西的话，我想起很久之前微博上有一篇文章说，有一个女大学生跟她的爸爸说，她的室友谈了恋爱省下了好多钱，真让人羡慕。她的爸爸下个月给她的生活费多了两百元，并且告诉她：你可以用这额外的两百元去买自己想要的，但是不要为了省钱去谈恋爱。

不可否认的是，越来越多的女生谈恋爱看重的是经济条件。我身边有很多这样的人，苹果就是其中最典型的一个。

苹果的经典"名言"是：男朋友只选贵的，不选对的。

这个标准对她的长相来说，还真不算难。所以，她的历届男朋友都是富二代、富三代，或者是年轻有为的精英。我们曾经还无聊地帮她将前任们按身价进行了排序，结果发现条件最差的那位都是我等凡人可望不可即的上流人士。

前几天朋友聚会，大家都多喝了点酒。苹果有些醉了，她的脸红扑扑的，耳朵也红红的。她坐在角落里，眼神落寞。

我坐到她身边，问她怎么了。

她的眼睛湿漉漉的，问我："你说我是不是太物质了？"我不知道该怎么回答她，于是说了句，大家都这样。

她的声音软绵绵的："我也不想这样，可是我家里不富裕，我从小过了很多苦日子，所以啊，我太知道钱的重要了。可是，最近我才发现，爱情对我来说，好像比钱更重要。"

原来，最近有个男生在追她。和以前不同的是，这次的男生是个穷小子。他刚毕业一年，工资三千，在帝都这种工资水平相当于贫民了。

"那他是什么地方吸引了你呢？"我问迷迷糊糊的苹果。

"他啊，真的没有什么特别的地方，长得也不是特别好看，还没有钱。但是我能感觉他是真喜欢我。我这些年谈过好多次恋爱，见识过很多有钱人。其中有的人只不过是和我玩玩，有的人是喜欢我，可是喜欢的程度和喜欢他的宠物没什么区别。我是爱钱，可是我能看出每个人的心。"

"可是他不一样。"苹果扯着我的手急急地说，"他真的不一样，虽然他每次带我去吃的饭馆都不高级，送我的礼物也不贵，但是我能感受到他的用心。记得有一次我跟他说，我想吃用炉火烤的地瓜干，明知道北京没有卖的，但我就是想考验他。结果他真去北京郊区找，没找到他就买了地瓜去别人家里自己烤。你不知道，当他从怀里拿出地瓜干给我的时候，我哭了。我第一次感觉被人捧在手心里的疼爱，特开心。"

我被苹果说得十分感动，假装愤愤不平地骂她："你造了多少孽啊，你凭什么有这么好的人爱啊。"

苹果笑得很得意，她说："你不知道，前两天他工资涨了一千，他特别开心地告诉我说，他离能养我又近了一步，然后给我转了三千让我买衣服。你说，剩一千块钱他一个月可怎么活啊。"

我问她："那你爱他吗？"

"爱，以前还不怎么确定，刚才跟你说完之后发现我真爱上他了。"

"那钱怎么办？他可没钱啊。"

"没关系，我当有钱人的宠物也当腻了，我现在想做他的女朋友。"

以前我也觉得在爱情里，钱是很大的问题，钱多幸福感会降低，钱少幸福感也会降低。我看到了太多次为了钱的争吵，包括我的父母、邻居，和无数个陌生人。钱被妖魔化，钱是万能的钥匙，钱能使鬼推磨。

可即使是这样，我现在觉得，在恋爱里，钱应该排第二位，第一位永远都应该是爱，不是吗？

♀ 我喜欢的人，
　 我拒绝了三次

前几天在知乎上看到一个问题：你单身多久了？我盯着
题目有些恍惚，仔细地算了一下，快四年了。

我只谈过一次恋爱，是在我初二下半学期。那种瞒着所
有人四处躲藏、深夜煲电话粥到凌晨的疲惫，消耗了那几年
我对于爱情的全部憧憬与热情。这段恋情从春天走到了冬天，
在又要走到春天的时候，我放弃了。青春期的小姑娘对于爱
情幻想得太丰满，往往因为得到的太寥寥而攒下失望。但是
我从未后悔。直到现在，我也觉得那些我日复一日写的关于
他的日记，牵手时的汗滴，拥抱过后的别离，都是青春给我
为数不多的糖。

后来的几年，我都没有动心了。我像一个看破红尘的老

者，对于身边种种爱情抱着观望的态度。时不时还充当爱情顾问，明明什么都不懂，却还是通过我看过的所有爱情范本给她们建议、劝解、安慰、忠告。并不是没有人递给我橄榄枝，可我看着他们的面孔，觉得陌生。这么说也有些奇怪，毕竟我在我唯一的恋爱里，并没有受过创伤。可我却一直走在单行道上，这条路窄得塞不下一个可以和我同行的人。

我一直故作清高地俯视陷在爱情旋涡里的男女，以为自己可以免俗。可我还是动心了。

和他相识在新生群。在我刚加进群，谁都还没认清的时候，他出来说了句话，群里顿时排出"帅哥出来了"的队形。好奇心使然，我加了他，翻出了他的照片，他说不上帅，但看起来舒服。

我天生毒舌，但是幽默。大概是我这种文艺型的姑娘给了他新鲜感，总之我从一众学妹中脱颖而出，成为每天和他聊天的固定人选。我记得有一次他说，加他的学妹不少，但是他只喜欢和我聊天。我看着屏幕上的话愣了很久。

从最初的每天说晚安，到后来几天不说话就有些不适应，其间经历了很多个相谈甚欢的半夜和互相斗嘴的午后。

大暑的时候我去了乡下的姥姥家。充满蝉声的院子背靠着青山，草木的气息夹杂着夏天的风，我喝过冰凉的泉水后，坐在院子里的树下乘凉，七岁的妹妹拿着棒冰坐在我的旁边，聒噪又可爱。

妹妹问我："姐姐你在和谁聊天呀？"

我说："朋友呀。"

妹妹请求我说要给我的朋友唱首歌，我答应了。稚嫩的童声传过去，引来他的开怀大笑。在受到夸赞后，妹妹更是来了兴致，一首接着一首地唱了起来。可是她就会三首歌，唱完后她有些难过地问我："我可以给他背诗吗？"我不禁好奇地反问道："为什么你要给他表演节目啊？"

妹妹满眼天真地看着我说："我喜欢这个哥哥。姐姐，他是你男朋友吗？"

我笑了笑说："不是哟。"

"姐姐你喜欢他吗？"妹妹奶声奶气地问我。

"你懂什么叫喜欢呀？"

"我懂，我就特别喜欢我们班级里的一个男生。他也喜欢我，我们每天都一起玩的。"

我没有接话，沉默了一个下午。

快秋天的时候，我去旅行。火车不停穿过一个又一个山洞，手机信号忽有忽无。在穿过一条长长的昏暗的隧道后，我收到一条他发来的消息，是一个二维码，我问他是红包吗？他说你这个傻瓜。我等了很久才扫出来，白色的屏幕上只有左上角的那个英文句子，"I love you"。

过了很久，我才回复："是认真的吗？"

他说："怎么可能，我们还没见过面。"

我赶忙说："我就知道不可能，你不是一直喜欢淑女吗？哈哈哈。"

在快开学的一个凌晨，他说，"开学陪我去看电影吧"。我拒绝了，他有些难过。后来他又说了一次，我还是拒绝了。在开学后，我和他匆匆见了一面，彼此都很尴尬，没有说几句话。后来电影上映那天，他又约我，我再次拒绝了。再后来，就很少联系了。

我辗转从别人口中听说，他很受欢迎，有很多女生围着他转；我辗转从别人口中听说，他跟别人说过想要追求我，后来被别人问起，他只是沉默；后来又听说，他最近和某个女生很亲密。

他不知道的是，在他第一次邀请我看电影，我拒绝后捧着手机发呆发了很久；他不知道的是，在第二次我拒绝他后，我跟我哥说"怎么办，我好像动心了"；他不知道的是，在第三次拒绝他后，我哭了半宿。

我错过了，我说得云淡风轻。可在失眠了很多天后，我还是忍不住跟一个比我豁达的朋友说起我的难过。她说我这种人，太难得动心了，既然动心了，就别犹豫。我想了一晚上，第二天还是给他发出了想了一晚上的话：你明年出国吗？他很无奈地给予了我肯定回答。

我终究没能迈出那一步。我不是小孩子，对于喜欢这件事可以理所当然。我的眼睛早就被世事蒙上了厚厚的灰尘，早就没有小孩子的单纯。我不过是芸芸众生中的沧海一粟，我不过是个普通人，面对爱情畏首畏尾唯唯诺诺，想把自己变得更好一点，不让爱情把我变得面目可憎。于是我裹起一层又一层外壳，看起来冷若冰霜。他看不到我所有的委屈和内心为他开满的鲜花，于是他走了。他没有回头，所以他没看到我的哭泣。

昨天晚上，一个朋友向我推荐了古巨基的《我生》，我听了一遍又一遍，对其中一句歌词感同身受。于是我便拿那句歌词问她："我也算生性，但什么叫作世情？"

她同样用歌词回答了我："找到钱找爱情。"

我想了很久，终于想出了我的答案。

在漫长岁月里，你砍完满山荆棘来拥抱我，我浑身的刺让你痛。你离开了，我也哭了。

这便是世情吧。

♀ 异地恋是爱情的
绊脚石吗？

这几天，网上开启了一个关于异地恋的话题，里面的评论高达几十万条，每一条都让人看了锥心。最热门的是那句：你住的城市下雨了，很想问你有没有带伞。可是我忍住了。因为我怕你说没带，而我又无能为力。

让异地恋痛苦的源头多半都是缺少陪伴。有句话说，陪伴是最长情的告白。所以陪伴在爱情中，是有着举足轻重的地位的，不然你以为日久生情是一句空话吗？不过对于异地恋来说，陪伴是梦。新出的电影、想去的餐馆、热闹的游乐场，这些都是情侣专属的约会圣地，可是因为你不在我身边，所以我不敢去。因此才说异地恋是这个世界上最让人受煎熬的恋爱，没有之一。我有很多朋友都饱受异地恋的痛苦，但是奇怪的是，虽然有很多情侣败给了异地恋，但是不得不说，能扛得住异地恋的苦楚的情侣，大多也都是真爱了。

某天深夜，我接到夏天的电话，她在电话里跟我说，她快坚持不下去了。我听着电话那边强忍着哭泣的声音，竟不知要说什么。这已经不是夏天第一次在夜里给我打电话了。她和她的男朋友大春已经异地两年了，两年的时间里，他们只见了三次面，每次见面只有一两天。

夏天和大春是在大学毕业的时候相爱的，那时候正赶上兵荒马乱的离别时期，所有人都忙着告别，只有他俩在忙着相遇与相爱。因为有了爱情，所以他俩没有一点离别的感伤。甚至连参加毕业聚会，俩人都是笑着的。可是这笑容很快就没有了，因为要面临着找工作的苦恼。夏天的父母在夏天的家乡早就为她找好了职位，可是大春也早就签订了北京的一家公司。

很俗气的分歧，无非是去北京跟着大春当北漂一族，还是回家乡过安稳的小日子。夏天也为此犹豫过。其实并没有那么难以决定，因为夏天本来就不是一个能吃苦的姑娘，何况大春也跟夏天拍着胸脯保证说，给我三年，混不混得出名堂我都回去娶你。于是两人就这样开启了异地恋。

开始的时候，其实也挺甜蜜的。互相给对方分享自己的所见所闻，在深夜煲几个小时的电话粥，每天吃饭的时候视频……纵然见不到面，爱情的温度也不降反升。可是什么东西都会有一个期限，就像食物会过期一样。夏天和大春在过了几个月用手机黏着的日子后，也开始觉得腻味。

于是他们就沦为大千世界中每一对普通的异地恋情侣，除了必要的事情之外，聊天越来越少。不到半年，夏天就坚持不下去了。她趁着周末飞去了北京，本以为见到大春之后会很甜蜜，可是却只剩下了心疼。夏天怎么也没想到大春住的是地下室，而且除了床什么都没有。大春还安慰她说，马上他就能搬出去晒太阳了。夏天之前对大春的不满，霎时间全都转换成了心疼。夏天和大春互相抱着彼此，在那张单人床上睡了两天。

那次回去后，夏天再也没有和大春发过脾气。她总觉得，大春已经那么不容易了，自己应该懂事一点。

可是夏天不知道，爱情最怕的就是懂事了。因为懂事不意味着你真的懂事，而是你强迫自己假装懂事。

那次见面之后，再次见面就是过年了。大春只放了三天假，因为要陪家人走亲戚，所以他俩只一起待了一个下午，仅吃了一顿饭而已。

那顿饭吃得很尴尬，两个人的状态不太像情侣，倒是像许久不见的朋友叙旧。聊的话题全都无关痛痒，对俩人之间的感情也默契地闭口不提。

不是不想挽回，但是怎么挽回呢？夏天要的只是普通的生活，而不是遥不可及的梦。甚至，她现在都不敢问，他还会履行诺言回来娶她吗？

过了半年，夏天又一次去找了大春。大春已经搬家了，新家比以前要好太多。夏天坐在大春的床上，大春坐在椅子上，谁也没上前去拥抱谁。

到夏天给我打电话的时候，夏天和大春已经在一起整整两年了。夏天跟我说，她无数次想过要分手，但是她又不甘心——也许再等一年，他就回来娶自己了呢？

我给夏天出了一个主意，让她撒娇似的跟大春提一下结婚的事，如果大春初心未改，那就再等等也无妨。

夏天听了我的话，试探了大春，但是结果却让她心凉。大春说，不急，我再奋斗几年。

夏天终于下定了决心，和大春分手了。她说她已经被异地恋折腾得疲惫不堪，听到这三个字更是心如刀绞。

　　像夏天和大春这样的例子，我还能举出一千个，但是异地恋修成正果的我也能举出一千个例子。我的高中同学小鹿就是。

　　她和疯子从高一就在一起，大学开始异地恋，小鹿在南，疯子在北。四年里光是火车票两人就攒了厚厚的一摞。后来，疯子留在北方工作，小鹿考取了本校的研究生。

　　小鹿毕业后，终于和疯子团聚了。两个人白手起家，一起贷款买房买车，一起奋斗，到现在，孩子五岁了。

　　我也问过小鹿，没有坚持不下去的时候吗？小鹿笑着说，当然有，但是我知道自己爱他，所以每次咬咬牙就挺过来了。我不知道这七八年里她到底咬了多少次的牙，但是我是真的挺羡慕她和疯子的爱情的。两个人紧紧地拉着彼此的手，蹚过一条条河，翻过一座座山，这期间遇到的苦难重重，但是没有一个人想过要放开另一个人的手。

　　俗气地说，他们的爱情更像是一种信仰。

　　没错，异地恋是很可怕，也有无数人的爱情死在异地恋里，但是修成正果的也大有人在呀。

所以如果你正面临着异地恋，千万不要怕，如果你是真心爱那个人，哪怕上刀山下火海你也会熬过去的。

因为对你而言，最差的事不过是不能爱他而已啊。

Part 5

**因自信而美丽，
把自卑都放低**

♀ 女生从丑到美
是怎样的体验

我小时候长得很丑，丑得最巅峰的时候是小学三年级。

发黄的头发有着严重的自然卷，脸有些长，皮肤像煤炭一样黑，单眼皮混着肿眼泡，刚出的门牙中间有可以卡上一个瓜子的缝隙，一说话就有些漏风。再加上我不怎么打扮，穿衣也有些邋遢，所以几乎丑出天际。

我的亲人也觉得我太丑了，于是纷纷为我出主意。三姨是学理发的，她决定帮我剪个刘海。可是我的头发有些不听话，预想的齐刘海变成了中分，这使我的容貌更加难看。

我对着镜子愤愤不平，为什么我的妈妈那么漂亮，而我却长成这样啊？但毕竟是小孩子，吃和玩是永远的主题，所以我并不太在意我的容貌。

真正让我意识到我很丑的是几件循序渐进的小事。

一次，班级里一个老师要挑选很多个漂亮的女生去跳舞，我把腰挺得笔直，还偷偷用唾沫抿了抿嘴唇。可老师挑走了我前面的女生，又挑走了我后面的女生，一直到最后，也没有挑我。我望了望班级里其他没被挑中的女同学，除了我还有一个脸上都是雀斑的女生，她也看了看我，从她的眼睛里我看到了我自己。

我的性格特别活泼，再加上继承了我爸的幽默基因，从小我就是逗大家笑的角色。

有一次，我给妈妈的朋友们表演节目，我唱了一首《青藏高原》，又学了几句宋丹丹的小品，引来大家捧腹大笑。一位阿姨一边笑一边说："这孩子太有意思了，学习也好，就是长得丑。"

谁都没在意这句玩笑话，大家还在笑，包括我妈妈。可我却很难受，我假装不在意，没让别人发现，偷偷抹了下眼泪。

从那天开始，我每晚洗漱完都会在卫生间里照很长时间的镜子，仔细端详我的五官，然后一遍又一遍地洗脸。

我开始买头花和发卡，在商店里挑了最喜欢的橘黄色发卡，它的上面还有很多彩色蘑菇小挂饰，我还买了有白色小熊的头花。我揣着它们，满怀欣喜地回家，我想啊，等到明天，我戴上它们，一定就会变漂亮的，到时候大家就不会再说我丑了。

第二天很早我就起床了，我一遍又一遍地梳头发，扎了放，放了扎，好不容易才扎好。我特意将小熊露在左边，将发卡上的彩色蘑菇移到右边。

我真的觉得我变漂亮了。

我兴奋地去上学，等待同学们的夸奖。可我等了一上午，也没等来。大家似乎都没注意到我的改变，我假装不经意地向同桌说："我换了新发卡哦！"同桌瞥了我一眼说："我早就想说了，难看死了，你不知道自己黑吗？还敢买橘黄色。"我没死心，继续追问："那头花呢？头花好看吧？"

"好看什么啊，丑死了。"

我听见了我用力砌的围墙轰然倒塌的声音。我笑了笑说："是吗？那我明天不戴了。"

那天我回家后不停地发脾气，我对我妈大喊："他们都说

我丑！"我妈向来不是好脾气的人，她反过来吼我："你本来
就丑，丑还不让人说啊？"我哭得厉害，我妈这才感觉她说
错话了，于是连忙哄我，"谁说我女儿丑了，妈妈开玩笑呢，
你一点都不丑。"可我再也不会相信她的话了。

从那以后，我变得特别自卑，走路再也不肯抬头，说话
也不敢注视别人的眼睛，更不敢努力打扮。我渴望没有人注
意我，渴望谁都不会在意我，渴望低到尘埃里。

到了小学五年级的时候，我变白了一些，也开始穿紧身
的牛仔裤。可还是丑。

我喜欢我们班级里一个高高的男生。我小心翼翼地隐藏
自己的心事，谁都没告诉，只是将心事写在有密码锁的日记
本里。

少女情怀总是诗。

在我粉色的日记里，我幻想我是一个漂亮的姑娘，幻想
他也喜欢我，幻想我们一直都是同桌。

有一次，我不小心把日记本带到学校去了，我怕班级里
那些唯恐天下不乱的男生发现，于是将日记本藏在书包的最
底层。

可是在午休期间，趁我不在的时候，我的日记本还是被翻了出来。他们轻易地破解了我三位数的密码，然后窥探了我的秘密，并将它们大肆宣扬。

无知的少年并不知道他们在做什么，他们只顾着嘲笑。而心思细腻的少女就不同了，她们交头接耳地传递我的秘密，年轻的脸上满是鄙夷。

他们当着我的面问那个男生："××在日记里说她喜欢你，还说她感觉你也喜欢她欸，你真的喜欢她吗？"

男生从鼻子里发出一声冷哼，表情轻蔑地说："就她那个长相？做梦呢吧！"

我大哭了一场。

我一边哭一边在心里问：为什么我长得丑，丑又怎么了呢？

没有人回答我。

后来我们再也没有过交集。

再后来的故事也很俗套，不过就是我不知被哪路神仙眷顾，皮肤越来越白，单眼皮也变成了双眼皮，门牙中间的缝隙也小到可以忽略不计。总之，尽管称不上是美女，但至少我脱离了丑女系列。

我读初中的时候，也经常被人表白。讽刺的是，一开始我还以为他们是在嘲笑我，所以用表白来做恶作剧。

高中的时候，很多朋友来我家都会问我床头相框里的小姑娘是谁，我开玩笑说是我表妹，她们竟然也相信了。直到发现我的家里都是我"表妹"的照片后才恍然大悟，然后笑到抽搐地问我，是不是整容了。

丑的经历于我来说，像是对世界的一次试探。很遗憾，我并没有得到善意，这个世界功利得让我害怕。

所以假如你不漂亮，千万别相信什么"不因美丽而可爱"的废话，你想整容就去做，你想买化妆品也千万不要吝啬。

因为，即使是千篇一律的"网红脸"的美，也比丑强。

其实故事我还没讲完。

尽管那个男生当时对我做了那么过分的事，可我还是暗恋了他两年。

暗恋在那天突然结束。当时我在玩电脑游戏，QQ 响了，是他。

他说："好久没说话啦。"

我说："嗯，是呀。"

他说："你变漂亮了。"

我说："是吗？谢谢。"

他问："要不要做我女朋友呀？"

我怔了许久。心里突然有种从未有过的明朗与开阔。

我说："不。"

♀ 要不是因为爱你，
我才懒得自卑

室友谈恋爱了。

在得知寝室单身群体又损失一员大将之后，我差点老泪纵横。

不得不说的是，恋爱真是一副灵丹妙药。

室友以前是一个不修边幅、大大咧咧的傻姑娘，衣服种类很少，只有黑色运动服和黑色职业装。

并且少见的是，她完全素颜。我们总是劝她稍微化点淡妆，实在不行，减肥总行吧？对于我们的劝告，她总是满不在乎，听不进去任何良言。

她很随意，随意吃喝，随意打扮，和小心翼翼保持体重的我们完全不同。

本以为她会随意一辈子的，谁知在短短几个月的恋爱时间里，她便减掉了二十斤体重，从微胖领域一下子挤进苗条世界。她开始画眉，涂口红，还穿上了很多年没穿过的紧身牛仔裤。

我们打趣她说，我们的千句苦口婆心都顶不上一个男朋友。她害羞地说，因为男朋友太好了，怕配不上他。

我咂咂嘴："果然啊，陷在爱情里的人都是自卑的。"

室友的自卑感来得突然，像一阵龙卷风呼啸而来，带走了她本来拥有的骄傲与自信：

"我是不是有点胖？"

"我学习没有他好怎么办？"

"他怎么什么都会啊？在他面前我感觉自己什么都不会。"

……

类似这种疑问，每天都在室友的脑袋里盘旋，纵使我们告诉她，她这是在杞人忧天，她明明足够优秀，没有理由自卑，她也全然听不进去。

还好她的男朋友足够成熟稳重，一次一次地宽慰她，她才逐渐喜笑颜开。

　　每个人爱的人可能不尽相同，但是在爱情里的表现却是千篇一律。我的父母也是一个典型的例子。

　　母亲相貌端正，父亲则有些普通。可是我的母亲却毫无安全感，她时常怀疑父亲在外面拈花惹草，对她不忠。

　　我觉得母亲得了莫名其妙的疑心病，要怀疑也应该是父亲怀疑她才对吧？

　　可是母亲却纠正我说，父亲的各方面都很优秀，一定会有女人喜欢的。我的白眼都快翻出天际了，我那邋遢的父亲，原来在母亲的眼里是那么风度翩翩，真是情人眼里出潘安啊。

　　可是对于母亲的疑心病，父亲从来没有表现出任何的不耐烦，他总是一遍遍地夸母亲，说她美若天仙，娶了她是他一辈子的福气，他怎么可能爱上别人呢。

　　我在旁边看着，很羡慕。

　　我想起了我谈恋爱的时候，那时候的我特别自卑。

　　哪一件衣服都不好看，哪一个发型都不适合我，就连涂个口红我都要百度一下"男朋友最爱的口红颜色排行榜"。嫌弃过自己的身高、长相，甚至家世。我觉得他就是上帝没舍得咬的那个苹果，而我却满身斑点。

我不停地问他：你爱我吗？你足够爱我吗？你不会反悔吗？渐渐地，他就烦了。

你就不能有点自信吗？这是我听过最多的一句话。

我每次听到这句话都特别难过，眼睛里都是泪水。他不会懂，我这个趾高气扬的姑娘，可以毫不留情地拒绝我不喜欢的男生，可是在他面前，我却时常盯着自己的脚尖。我的盛气凌人，我满身的刺，都在爱上他的那一刻瞬间脱落，我在他的面前，露出我最脆弱柔软的皮肤。我于是变得小心翼翼，可他却见不惯我的软弱。

这样不平衡的关系注定有一天会土崩瓦解。

奇怪的是，在爱情里，容易自卑的往往是女生。无论多丑的男生，交到漂亮的女朋友领出去都是满满的骄傲，头都快扬到天上去。相反，若是长相普通的女生和帅气男朋友一起走在路上，她们眼睛里则全都是闪躲和不安。

可能是女人的天性吧，在爱人面前，容易卑微。我们总想露出最光鲜亮丽的一面，好让爱人永远对我们死心塌地，痴心不改。

网络上每隔一段时间就会发出一则类似"相恋五年，他从没见过女朋友素颜"的新闻，每次底下的评论都是满满的不相信，可是我却一点都不怀疑。

我身边真的有和男朋友出去住，早上四点起来化妆然后再假装睡觉的女生，你不能说她们虚荣，她们只是中了爱情的毒罢了。

《请回答 1988》的前几集，德善喜欢善宇。于是她会为了漂亮而偷穿姐姐的衣服，骂完别的小伙伴后转头轻声细语地跟善宇说话，会在早晨见面时别过身体擦掉眼屎。

《最好的我们》一开头耿耿便说：那时的余淮是最好的他，可自己却不是最好的自己。

诸多例子都告诉我们一个道理：女人在你面前自卑，不过是因为爱你。

不幸的是，并不是每个男人都和我父亲一样聪明，懂女人的疑心病和自卑感。

姑娘们，当你的男朋友对你说出类似于"你就不能自信点吗"的话语时，请大声地告诉他们：

要不是因为爱你，我才懒得自卑！

♀ 敢爱敢恨的姑娘
最"酷"

闺蜜恋爱了。

注意是恋爱，不是谈恋爱。这两者的区别是前者没有恋爱对象，而后者有。

跟所有喜欢文艺青年的"迷妹"一样，闺蜜喜欢的男生是个会写字的帅小伙，我看过他写的文章，怎么说呢，特别"酷"。

会写字已经很加分了，若再会弹个吉他唱个情歌什么的，简直是魅力无法抵挡呀。

"怎么办呀，我脑子里都是他！"闺蜜捂着通红的脸，像一个思春的少女。

"怎么办？去追他！"我搂着她的肩膀，眼神坚定地鼓励她。

听了我的话，闺蜜展开了攻势。

我以为她会像大家一样，从微信聊天入手。谁知道她大手一挥，满脸鄙夷地说："聊微信多土啊，我要进行实战！"我吞了口口水，朝她竖起了大拇指。

帅小伙和闺蜜在不同系别，于是她就把他的课程表给背了下来，然后挑可以蹭课的公共课去偶遇。

第一次，她去晚了。当她推开门的一刹那，满教室的人齐刷刷地看她，她居然能临危不惧地在大家的注目礼下自然地走到第一排坐下听课。在上课的途中，她为了找帅小伙差点把脖子拧断了，可还是没找到。她抹了抹鼻子，心想这才哪儿到哪儿啊，下次就会找到了。

第二次还真被她找到了，只不过帅小伙坐在最后一排，她坐在中间。她又抹了抹鼻子，觉得自己离成功又近了一步。

第三次她没吃午饭第一个到教室，然后坐在最后一排，像一个等待猎物的猎人。功夫不负有心人，她的心上人，那个帅小伙，也坐到了最后一排。她立刻扑到了他旁边坐下，差点摔倒。

之后她就一直拉着帅小伙聊天，一节课下来竟然也了解不少信息。在下课前，帅小伙跟她说："要不我们加个微信？"

闺蜜像益达广告里的郭碧婷一样回头说："我早就加你了。"

除了陪他上课，闺蜜还摸清了他每天的足迹，所以总是能制造不期而遇。

帅小伙不知道的是，所有的不期而遇，都是一个情怀如诗的少女的蓄谋已久。

他爱吃第二食堂的红烧排骨，他喜欢坐在图书馆五楼的最里面写东西，他会在周五的下午去操场打篮球……

学习成绩不好的闺蜜，对帅小伙的日常倒是能倒背如流。她跟我说，她决定去告白了。

我看着面前的闺蜜，暗暗佩服。

到底是有多大的勇气，才能让一个女孩子放下矜持去追求喜欢的男孩子呢？

我好像做不到。从小到大，无论我多喜欢一个男生，我都没主动告白过。

或许是因为保守，又或许是因为担心失败。我总是一副高高在上的姿态，让人望尘莫及。

记得我读高中的时候，特别喜欢一个男生，喜欢到什么程度呢，我为他写了一整本厚厚的日记。

每一页都有我的泪痕，我无数次幻想着把日记本交给他的场景。那会是个阳光正好的午后，他刚打完篮球，我连同一瓶冰水一起递给他，他逆着阳光对我笑，我能看见他浅浅的梨涡。

可是我没有。哪怕到现在，我也没跟他提过我喜欢他这件事。

我有无数次机会可以告白，但是我都放弃了。我固执地相信，他会发现我的心思，只要他稍稍"撩"一下我，我就扑过去。

可是他没有。

我想过一个问题很多次，如果我当初告白的话，现在会有什么不同？以前我想的都是实质性的结果，比如成功了就能谈一场轰轰烈烈的恋爱，失败了就灰头土脸地痛哭。

现在我才清楚，如果我不想那些结果，或许我能凭空多出很多爱人的勇气。

《恶作剧之吻》中的湘琴追了直树五年，五年如一日地跟在直树的后面，无论怎么被伤害，哭过之后她还会再战。

她对直树说："我真的特别喜欢你，虽然我头脑不好，做菜又难吃，胸部又小，但是无论哪一样我都愿意为了你而改变。"

《我叫金三顺》中三顺对振轩说："喜欢就喜欢，不喜欢就不喜欢，为什么要那么复杂？"

闺蜜跟帅小伙告白的时候说："我喜欢你，这也是你总能遇到我的原因，你要是不喜欢我，我就不出现在你眼前了。"

真"酷"啊，敢于直面爱的女生真"酷"。

其实女生追男生不应该称为"倒追"，本来就没有谁应不应该追谁的道理。男女平等，追求爱的权利当然也应该平等。

所以，真喜欢的话，先告白又有什么关系呢？你不会因此就变得不"酷"了，相反你会变得更"酷"。

因为，没有什么会比一个敢爱敢恨的姑娘更"酷"。

♀ 如何让前男友
后悔离开你？

不知道你们身边有没有这样一个人，她常年穿着运动服，背着大号的双肩包，手里拎着一个水杯，每天泡在图书馆。我身边就有一个，是我的朋友栗子。

栗子是一个典型的不修边幅的女生，一件毛衣能穿三年，起球了就用透明胶带粘掉毛球接着穿，不穿破绝对不会扔。不仅如此，栗子的想法也很古板，她认为女孩子一定要有学识，毕竟好看的皮囊千篇一律，有趣的灵魂才万里挑一。

可是现实却狠狠地打了栗子的脸，当初说喜欢栗子朴实无华的男朋友"劈腿"了，和一个打扮很时髦的漂亮女生走到了一起。

这次分手对栗子的打击很大，甚至打碎了栗子这么多年来树立的"三观"。栗子从小就一直相信：女人不因美丽而可爱，而是因可爱而美丽。她的父母也一直教育她，脑袋中的知识要比外表的光鲜迷人得多，所以这么多年来她从来不注重打扮，可是直到今天她才明白：女孩子如果没有一个光鲜的外表，就没有人想要了解你有趣的灵魂。

栗子从此变了很多，以前她连乳液和面霜都分不清，现在她的梳妆台也堆满了护肤品。书柜中除了名著和小说，也增添了很多时尚杂志。总是在淘宝上随便买衣服的她，现在也会约我一起去逛商场。

大家都觉得，栗子是被前男友伤害得太深了，所以才用变美这个方式来报复前男友，我也问过栗子，可是栗子却冷静地回答我说：与其费尽心思地报复，不如花力气改变自己，这世上男人多得是，何苦为了一棵歪脖树而放弃整片森林。

栗子还告诉我，变美之后她的确更为自信了。以前她虽然不爱打扮，但是心里却清楚自己是不美的，所以在男生面前总是很自卑，碰见喜欢的男生第一件事就是低头。

但是现在，穿上裙子化上妆之后，如果碰见不错的男生，上前询问联系方式也变得很简单，因为没有哪个男生会拒绝一个漂亮女生的搭讪；添加男生的微信之后，没事多夸夸男生，经常表达自己的崇拜之情，这样既满足了男生的自尊心，也容易让男生对自己产生好感；最好平时再时不时地向男生示弱，"嘤嘤嘤"地说几句，没几个男生能受得住女生撒娇。

渐渐地，栗子也开始有很多追求者，甚至有个男生为了让栗子做他的女朋友，抱着玫瑰花在栗子的公司门口等了一整天，栗子却没答应，说要看男生以后的表现。

"太容易让男生追到手，他们反而不会珍惜，男生最喜欢的就是将要到手却没到手的时刻。"栗子跟我说这句话的时候，眼睛里有性感又狡猾的光，她的样子"酷"得像个女战士。

后来听说栗子的前男友跑来找栗子求原谅，说他当时是昏了头，还说再也找不到比栗子更好的女孩了。

我记得微博上有一句话说：要活成让前男友后悔的女孩。栗子成功了。可是栗子却从来都没把"让前男友后悔"这件事当成自己的目标。用栗子的话说就是：为了一个男人而做出改变，也太不"酷"了。

的确，有很多女孩，一谈起恋爱就把自己的"酷"给扔得无影无踪，对男生言听计从，卑微得如同尘土，一旦分了手，又一哭二闹三上吊地纠缠不休。殊不知，你以为你的歇斯底里是痴情，在别人眼里却是难堪。

真正迷人的姑娘，懂得进退取舍，也知道及时止损。面对放弃过抛弃过你的人，何必再苦苦哀求呢？洒脱一点，"酷"一点，高姿态一点，他说分手，你就立刻转头，永远做最"酷"的那个人。

每一场失恋都是改变自己的一次好机会，与其悲伤得不能自已，不如从失败的感情中找到自己的错误加以改正，努力提升自己的魅力，为下一段感情做准备。

真正有魅力的女孩，不仅会让前男友后悔，还会让下一任男友骄傲。

♀ 千万不要
太依赖一个人

　　前几天我在微博上看到一个小故事，女生和男生分手之后，一直给男生发短信询问一些生活的琐事，其中包括火锅酱料的调配，无线网密码的更改操作，做菜的小秘诀等。男生的回复语气很不耐烦，女生只能讪讪地说：打扰了。

　　那个小故事底下的评论几乎都一边倒地在指责男生，我却觉得女生也有错。她错在太依赖男生了，把爱情放在了生活的第一位，被恋人宠成了傻子。

　　很多女生也是这样，一恋爱就把自己全权托付给另一半，就像上了一个全托的幼儿园。然后理所当然地享受被爱的快乐，却不知道这份快乐其实一点都不安稳。它只来自于一个男生怦怦跳的内心，来自男生的新鲜感，来自男生荷尔蒙的分泌。说不定哪天这份快乐就"咻"的一声消失得无影无踪，不给你一丁点的时间去准备。

到时候留给你的只有一个完全不独立的自己，和一颗被失恋伤得隐隐作痛的心。

张艾嘉在一次做客《鲁豫有约》的时候说过：两个人在一起永远不要那么黏腻，不要那么依赖，因为在这个世界上你迟早会是一个人，越依赖一个人，等那个人离开的时候就越无法接受，越无法生活下去。

的确如此，太依赖一个人，只会让你渐渐地迷失自己，失去安全感，慢慢地变成一株依附其他生物生长的植物。一点点的风吹草动，在你那里都会变成狂风海啸。

阿沁在刚分手的那段时间，很像一个被抛弃的小朋友。她第一次自己去租房，大夏天自己一个人搬家，她的双手被磨得全是厚厚的茧子，脚也不小心被刮出了血。

她不知道该怎么办，只能把脚放在水龙头底下不停地冲洗。她想起以前自己不管哪里受伤，男友都会第一时间找到药箱帮她处理伤口。那时候她以为，她可以一辈子都这样被男友爱护，没想到现在却只剩下她自己去面对汹涌的生活。

后来，阿沁渐渐地学会了一个人生活，学会了垃圾分类，也学会了做简单的家常菜，也知道更换灯泡的时候要切断电源。

她跟我说，下次恋爱的时候，她要做一个独立的女性，既可以躺在男生的怀里撒娇，也可以有自己的"小部落"。

宫崎骏说过："不要轻易地去依赖一个人，它会成为你的习惯。当分别来临，你失去的不是某个人，而是你的精神支柱。无论何时何地，都要学会独立行走，它会让你走得更坦然些。"

所以不要再做一个等待别人来接的小朋友了，你要学着自己上路。路上遇见爱的人，就牵着手一起走，不合适了就挥挥手分开，一个人继续前行。

你要知道，爱情不过是你人生路上可遇不可求的风景，你永远都不能因为风景宜人就停下来忘记赶路，因为人生的路终究需要自己走完。

所以亲爱的，不要再做傻事，不要将自己全部的身家都赌在一个不确定的男生身上，不要余生因为他的喜悲而欢喜难过。你的人生应该永远把握在你自己的手里，你有大把的资本去挥霍，去获得，去感受，去拥有。等你真正成长之后，你会发现真正值得依赖的人，是自己。

♀ 我曾那样爱过你，
　　也能那样爱别人

　　柚子已经失恋两个月了。

　　两个月里，她每天无精打采地上班，工作也总是出错。之前她不化妆坚决不见人，现在她连乳液都懒得擦。不仅如此，每到晚上她就会在朋友圈发一些矫情的句子，起初朋友还会安慰她，后来次数多了，都开始觉得厌烦。

　　其实失恋在人们心中，就像感冒一样无足轻重，也许过程会很难熬，但是总会过去的。

　　可是柚子却跟我说，她觉得她的失恋是来势汹汹的癌症，已经无药可医。她认定让她失恋的那个人就是她这辈子的至爱，离开他，她此生都不会再爱别人。

　　我看着她笃定的表情，没作声，心里却在悄悄地说：放心，你以后还会再爱上别人的。

表姐和她男朋友从高中开始谈恋爱，我记得那时候班主任找来家长，表姐和男生牵着手，在双方家长面前宣称他俩"死都要在一起"。

那时的我才上初中，对于爱情还没有完整的认知，表姐的举动深深地震撼了我的心。我还记得我曾问过表姐，她会嫁给那个男生吗？当时表姐害羞地红了脸，但还是认真地告诉我，她这辈子非他不嫁。

后来，表姐如愿以偿地和男生上了同一所大学。大学四年里，无论是上学还是放假，他俩都几乎是形影不离。双方父母也早就把反对票改成了赞成票，并约定好了一毕业就让他俩结婚。

就是这样的一对金童玉女，却在毕业前分手了。男生毫无预兆的变心，足足要了表姐的半条命。

整整一年，表姐没出去找工作，而是躲在家里哭。起床哭，吃饭哭，半夜更是躲在被子里泣不成声。我去看过表姐，她倚在床头，头发乱成一团，眼睛也又红又肿，她跟我说："怎么办？我这辈子都不会再爱上别人了。"

《春风十里不如你》中，赵英男在和秋水分手后曾说过这样一段话：我的初恋初吻初夜，我七年的时光，女人最美的年华，就这么白白葬送了。

当我看到这段剧情的时候，一下子就想到了表姐，可那时候表姐已经嫁人了。新郎是一个很忠厚的男人，做得一手好菜，我经常去蹭饭。

我记得我曾经躺在表姐家的沙发上取笑过她：不是再也不会爱上别人了吗？表姐哈哈大笑，对于这件事却死不承认。

在恋爱中，谁都曾不知天高地厚地说过大话，谁也都有过此生非谁不可的错觉。

那个曾经被我们信誓旦旦笃定的人，一旦离我们而去，就像是山崩地裂。我们虽然感受到了钻心的疼，也品尝到了眼泪的苦与咸，但依然认定这个让我们疼痛的男人就是我们的毕生最爱。

所以很多人失恋之后都会去网络上寻找良方，但是找来找去都是万变不离其宗的几个字：时间和新欢。

随着时间的洗礼，我们的伤口会愈合结痂，原本那颗只为他而激烈跳动的心，在遇见下一个喜欢的人时还是会小鹿乱撞，这不是我们绝情，而是人之常情。

从小不爱吃的苹果，也许突然就会觉得清甜可口；一直都爱的鸭梨，也会一下子失了兴致。善变，是人类的本性。

所以别难过了，这个人不爱你是他的损失，下个人一定会加倍地爱你。你也一样，你曾经怎样爱过他，以后就会怎样爱别人。

♀ 长得漂亮是优势，
活得漂亮才是本事

可乐是我的发小，是我从小一起光屁股长大的小姐妹。其实小的时候我有些烦她，因为无论是家长还是邻里街坊，总是把我俩放在一起比较。不比不知道，一比吓一跳，我真的是啥也赶不上她。

可乐从小就白，眼睛也比我大好几圈，头发又黑又直，简直是放大版的洋娃娃，上幼儿园之前还总是被影楼请去当模特。我呢，皮肤比她黑，眼睛是肿眼泡，一出生就满头自然卷，和可乐站在一起，像是她的丫鬟。

上小学之前，我从没觉得我和可乐有什么不一样，我们俩的父母也是好朋友，所以经常给我们买相同的衣服，企图把我们俩打扮成双胞胎姐妹。可乐的性子很温柔，也没什么脾气，总是让着我。那时候我们最爱玩的游戏是过家家，她总是抢着演妈妈，摆弄着沙子给我们当"午餐"，乐此不疲。其实从那时候就能看出，可乐的梦想，就是想当一个贤妻良母。

上了小学之后，我开始明白，我越和可乐亲近，就越会显得自己丑。所以我开始冷落她，跟新朋友一起玩。对于我的冷漠，可乐觉得很委屈，她跑去告诉我妈妈，害得我被我妈妈揍了一顿。在那之后，我就变得更讨厌可乐了。

初中的时候，我终于不和可乐同班了。那时候，我基本上已经不算丑了，被我妈拉着去做了离子烫，眼睛也不肿了，皮肤也比以前白了很多。但要是站在可乐的旁边，还是自惭形秽。

可乐在开学的第一天，就顺利地坐上了"校花"的宝座。再加上成绩不错，立刻被选做了班长。就连我们班的男生，课余时间研究的话题也都是她。一时间，可乐几乎成了明星，很多人在下课的时候去她的班级想要一睹芳容。那时候，认识可乐是一件值得炫耀的事，是可以拿来做吹牛皮的素材的。

可是我很不屑，我承认有嫉妒的成分。于是我刻苦地学习，并且也当上了我们班的班长。那时候的想法特别简单，就是我一定要有一样比可乐强。事实证明我做到了，初中三年，我一直是年级的前十名。可乐虽然成绩不如我，但是她也不差，最重要的是她身边从来不缺少朋友，每次在学校里见到她，她身边总是有几个小姐妹。而我，朋友很少，还喜欢独来独往。

她很默契地不主动跟我讲话，但是总给我写纸条。纸条上的内容无非是祝贺我又考进了年级前十名，或者说想念我。但是我一次也没回复，一次也没有。

高二的时候，她和她们班的学习委员在一起了。这件事几乎所有人都知道，光是她们班的班主任就找他俩谈了无数次话。可每次的结果都一样，他俩十指紧扣说就是不分开。后来班主任也就不管了，毕竟两个人成绩也不错，学习委员更是一棵状元苗子。

我当时听到这个消息时，觉得荒谬极了，他俩以为在拍青春电影呢？我甚至还破天荒地给可乐写了一封信，劝她学习要紧。我也不知道为什么，按理说我应该特别希望她堕落才对，可是我渐渐明白，可乐是我的一个目标，我想变得和她一样好，而不是巴望着她堕落。

她给我回了很长的一封信，她说她小时候的梦想就是遇见自己的白马王子，然后早点步入婚姻殿堂，现在她笃定地认为自己遇见了对的人。她说得虔诚极了，仿佛下一秒就会结婚。可是我一点都不相信。我和可乐不同，我没有那么多的童话思想，我是相信现实主义的俗人。

整个高中期间，他们俩都幸福得耀眼。一起学习，一起吃饭，是一对公认的俏佳人。填报高考志愿时，学习委员还为了可乐没报自己理想的大学，而是和可乐一起去了一个沿海城市。

上了大学后，我和可乐的联系密切起来。我不再是以前那个善妒的小姑娘，对可乐更多的是愧疚和感激。愧疚自己缺失了可乐那么多年的时光，感激可乐一直都没生我的气，一直把我当成朋友。

本以为可乐会和学习委员分手，可是他俩一直在一起，进行了一年又一年的爱情长跑。在我谈了几段恋爱后，可乐还是和她的初恋在一起。有时候我也会问她，这辈子都没牵过其他男人的手，不觉得吃亏吗？可乐总是反问我，那你呢，这辈子没尝过一生一世只爱一个人的滋味不遗憾吗？

可乐在毕业后就火速地和学习委员结婚了，现在已经是一个两岁女孩的妈妈了。而我，这些年来，换了一个又一个男朋友，却还是一个孤家寡人。

有时候我会特别羡慕可乐，从小就知道自己要什么，人生中走的每一步都踏实有力，不用担心走错。

前些天，我去可乐的家中做客，酒过三巡，她问我那些年为什么那么讨厌她。我笑了笑说："其实我并不是讨厌你，而是嫉妒你长得漂亮。"

可乐也笑了笑说："长得漂亮是优势，活得漂亮才是本事呢。"

嗯，可乐说得没错，她的确是一个有本事的女人。